妖説地獄谷

下巻

高木彬光

目次

妖説地獄谷　下巻

女人双情

1

「殿さま、いかがいたしたのでございましょう」

ばらりとすだれをかき上げて斉貴《なりたか》の背後に姿を見せたのは、なんとなくやつれを見せて、それだけにいっそう凄艶《そうえん》さを増した人魚のお富《とみ》のあで姿。

「女が……流れてきおったのだ」

「女が……」

今の今まで、隅田の上に浮かぶ夜船でどんな密語をかわしていたか——それはうかがうすべもない。だが、この二人の会見が、こうして秘密のうちに行われると決まったのは、おそらく同心曾根俊之輔《そねしゅんのすけ》、あるいは遠山左衛門尉《とおやまさえもんのじょう》の陰の力が働いていたことに疑う余地もなかった。

「覚悟の入水でございましょうか」

夜風におくれ毛をなぶらせながら、お富は尋ねた。

「……かもしれぬ。だが、お富、この背の入れ墨を見るがいい」

斉貴の示した園絵の背を見つめて、お富もさっと色を変えた。

「地獄変相図……しかも、残った半双の！　殿さま、この女はだれでございましょう」

「だれかは知らぬが、この事件について何かの秘密を握る女と思わねばなるまいが……」

「でも、このままにしておいては」

お富はひざまずいて園絵の冷たい頬《ほお》に手を触れて、ため息とともに一言つぶやいた。

「だれでも、見捨てておけません。まして、どれだけ大事なお方かわからぬとなれば、なおさらのことでございます」

「だが、このような船の上では、手当をとらせようにもせんかたない。船を岸まで漕《こ》ぎ戻すか」

「いいえ。その暇はありませぬ。一刻も早く手当してさしあげなければ……」

「では、どのように」

「見ましたところ、まだ動悸は止まっておりません。気は失っておりますが、よもやこのまま息をひきとりますことも……」

「………」

斉貴の顔には暗い影がかすめた。

「殿さま、水死人を助けますには、体を温めてやりますが第一。人肌で温めて、しばらく様子を見ましたら」

「人肌で……」

「わたしが温めてさしあげましょう。ごめんくださいまし」


ふたたびお富は、町の女俠《によきよう》、人魚のお富の面目にかえった。さらりと大柄の紺の浴衣を脱ぎ捨てると、水色の湯文字の乱れを繕いながら、人魚のような白裸の身を惜しげなく斉貴の目にさらしてみせた。

「あっ」

斉貴の口からは思わずひくい叫びが漏れたが、それも一瞬。お富は、がばと身を投げるように船底に身を横たえて、園絵の体を抱きかかえた。

ふくよかな四つの乳房は触れ合って、やみにほのかな香を放った。ぬれて乱れた烏羽《うば》玉《たま》の黒髪も、幾筋となくお富の背にまつわりついた。唇を吸わんばかりに頬をすり寄せて、お富は、園絵を愛撫するように、彩られた体を強く抱きすくめた。

斉貴も無言。お富も無言のまま、付き添う武士も無言であった。

小半刻《こはんとき》（三十分）あまりも、白い女体と入れ墨の女体は一つのもののように、やみの川の上に動かなかった。

2

小半刻あまりの時が過ぎたころ——

「殿さま、どうやら……」

お富の誇らしげな叫びとともに、園絵は大きく二、三度身震いしたかと思うと、ぱちりと黒い目をあけた。

「あっ」

紫色からやや赤らみを取り戻してきた唇から、かすかに低い声が漏れた。

「ここはどこ……わたしはどうして……」

「気がつきましたか。ここは隅田の川の上」

「それじゃあ、わたしは……」

はじめて半裸の自分の体に気づいたか、園絵は大きく身もだえして、自分の上にのしかかっているお富をはねのけようとした。

「いけませんね、そのままにしていなくっちゃ」

起き上がろうとする園絵の体を押さえつけて、お富はその身に自分の浴衣を着せかけた。

「殿さま、早くお薬を」

斉貴の手から印籠《いんろう》を受け取って、お富は口うつしに二、三粒の丸薬を含ませた。

「お気がおつきでござんすか」

「はい……もう大丈夫でございます」

浴衣の襟を繕いながら、園絵は斉貴とお富の前に手をつかえた。

「ほんとにまあ、わたくしとしたことが。まるで夢のようでございます。いずれのお方さまかは存じませぬが、これほど手あついご看護を受けまして、お礼の申し上げようもございません」

「いえもう、なんのこたあありませんよ。どんな事情がおありなさるかしれませんが、目の前にああして死ぬか生きるかという目にあっている人を眺めちゃあほっておけないのがあたしの気性。お礼などご無用にしておくんなさい」

斉貴は、きりりと唇をむすんだまま、この時まで一言も口からことばを漏らさなかったが、

「女、ちとそのほうに尋ねたい子細がある。そのほうの名はなんと申す」

と問いかけた。

「はい、お園と申すものでございます」

「お園か。生まれは。商売は」

「あの……少し子細もございまして、せっかくのおことばではございますが、それだけはお話しいたしかねます。どうかお許しくださいまし」

「話せぬか。話せぬというなら聞くまいが、そのほうは珍しい入れ墨をいたしおるのう」

まだ血の気さえかすかな園絵の顔も、はじめてぱっと恥じらいの色に赤らんだ。

「お恥ずかしいものを……このような汚れた女でございます。どうかお見のがしくださ

いまし」

「いや、それがしにもちと思い当たる節などないでもない。まず胴の間へ来るがよい。命の恩人のいうことは無下に断るものでもないぞ」

3

屋形船の胴の間、三畳の青畳の上に、燭台の火も園絵の目にはまばゆかった。お富の浴衣をまとった園絵、素肌の上に護衛侍の絽の羽織をはおったお富、そして微行の身の斉貴が、いま黙然と座っていた。

「ひとつ杯を遣わそう。気つけ薬と思って飲むがよかろうぞ」

「はい」

杯を口もとへ運んでいく園絵の繊手は、これから自分に浴びせられる質問を予期してかかすかに震え、おののいていた。

「そのような入れ墨をいたしおるからには、素人娘とも思えぬが……その図柄はそのほうの好みで彫ったか、または入れ墨師の趣向であったか」

「はい……名もない入れ墨師でございましたが、長年心に思っていたこの図を彫りたいと申されまして。ただそれだけでございます」

「その入れ墨師の名はなんという」

「はじめの方は彫千代さんに……あとは権次さんとかいう……」

「彫千代さんが！」

お富は思わず叫びを上げた。

「ご存じのお方でございますか」

「いいえ、もう、ちょっと……ね」

「その彫千代が、そのような図柄を選んだか。よし、それならそれで、尋ねる方法もないではない。ところで、お園、そのほうはこれからどうする気じゃ」

「はい、わたくしは、実はお聞き及びでもございましょうが、仮親と身元引受人をたてまして、松平斉貴さまのお屋敷へご奉公に上がるつもりでございました……」

「斉貴の……」

自分の名前をいいだされて、斉貴も思わずぎくりとした様子――

「それにはなにか目当てでも……」

「いえ、このような体でございますゆえ、ただの奉公ではかないませんが、ある人の勧めによりまして、出雲さまなら入れ墨のあるお女中でも勤まると……ただそれだけでございます」

「なるほどのう……」

斉貴はしばらく白扇をもてあそびながら考え込んでいたが、

「とりあえず今夜のところはどうにもなるまい。お富、そのほうがこの女を一夜あずかってとらせぬか」

お富は婉然《えんぜん》とほほえんで、

「かしこまりました。わたくしがお引き受けいたしますゆえ、どうかご安心くださいまし」

と、斉貴の前に静かに手をつかえた。

ぎいぎいと、いつしか船は夜の川波を破りながら岸へ向かって進んでいく。

園絵もはじめて安心の色を顔に浮かべた。

「失礼ではございますが、ご身分あるお方のお忍びと存じます。お礼といってもかないませぬが、せめてお名前なりとお明かしくださいませぬか」

斉貴は大きく首を振って笑った。

「袖《そで》すり合うもなんとやら、名を明かすにも及ぶまい。縁あらば、ふたたびめぐりあう日もあろう。その時こそは、名のらずとも……達者でご奉公に上がるがいいぞ」

船は大きく艪の音をきしませながら、岸に着いた。

4

「さあ、こんなむさ苦しいところですが、どうかご自分の家にいるつもりで、ゆっくり足を伸ばしてくださいな」

松平家から差しまわしの駕籠に乗せられ、屈強の武士に両わきを守られて、二人はまもなく二長町のお富の家に帰ってきた。

「すみません。かさねがさねのご親切、地獄で仏にあったような思いがいたします」

「なにね、困ったときはお互いさま。そんなに堅くなっちゃ困りますよ。あなたもそうして肌を汚しているぐらいだから、世の中の酸いも甘いも知っていなさるだろうけど、わたしもこうしたやくざ稼業。入れ墨こそはしてないけれど、女だてらに二つ名を持っているようなくらいだから、どんなご相談にものりますよ」

「はい……」

落ちぶれて、袖に涙のかかるとき、人の心の奥ぞ知らるる、という古歌にもあるように、園絵のいまの心には、お富のことばの一つ一つが、温かな情とともに伝わってきた。

「まあ、今夜はゆっくりお休みなさい。お風呂が沸いていますから、よく温まって、あすでも話を聞かしてくださいな」

朱塗りの煙管《きせる》をもてあそびながら、お富は長火鉢の向こうからいたわるようなことばを投げた。

「おい、八公。お客さまをお風呂へご案内しとくれよ」

「へい、ただいま」

と、廊下に手をつかえたひょっとこの八が、

「さあ、姐さん、お湯殿はこちらでござんすよ。ちょうどいい加減のお湯で、なんだったらお背中ぐらい流しやしょうか」

「なにいってんだね」

と、たちまちお富の鶴の一声。

「へっへっへ、すんません。さあ姐さん、なにもくよくよなさらねえで。これでも人魚のお富姐さんの一の子分のひょっとこの八といやあ、人に知られた……あんまり知られてもいねえお兄いさんだ……」

「あなたが……あなたが人魚のお富！」

立ち上がって部屋を出ようとしていた園絵は、その一言に思わず色をなして振り返った。

「ほっほっほ、お聞き及びでございますか。こんなやくざな女でも、これから姉妹同様に思ってつきあってくださいな。なんだか、ああしてお目にかかったときから、あなたが実の妹のような気がしてなりませんのさ」

力なく園絵は足を湯殿に運んだ。

人魚のお富！　人魚のお富！

その女こそ、命をかけて恋いしたっていた早乙女主計《さおとめかずえ》の心を奪った恋仇。憎んでもなおあまりある女の名ではなかったか。

そのためにこそ、自分もああして夜の川に身をおどらせたのではなかったか。

だが、こうして目の前に顔を合わせたいま、園絵はお富が憎めなかった。

愛ともつかず、憎しみともつかぬ心を抱きながら、人形のように園絵は疲れきった身を湯槽の中に浸した。

明けるに早い夏の夜のやみを破って聞こえるのは、早くも一番鶏の声。

ぽたりと温かい滴が一つ、青黒い入れ墨の腕に落ちた。

それが湯の滴だったか、それとも涙の滴だったか――園絵はそれにも気づかなかった。

5

その翌朝、打ち水のあともすがすがしい庭を眺めて、南町奉行所の一室に鳥居甲斐守《とりいかいのかみ》は黙然と端座していた。

その心中に去来する思いは、はたしてなんであろう。堅く結んだ口もとにも、苦渋をひそめた眉間にも、捕らえようもない暗彫が時おり浮かんでちらと消えた。

「お奉行さまに申し上げます」

一人の同心が障子の外に手をつかえた。

「なにごとじゃ」

「昨夜のことにござりますが、下谷数寄屋町に起こりました事件をご存じでございましょうか」

「知らぬのう」

「そこの長屋に、朱桜の文吉という一人のやくざが住んでおります」

甲斐は手にした白扇をぱたりと膝に取り落とした。

「その文吉がいかがしおった」

「はっ。白装束の浪人者が、昨夜その長屋へ斬り込みおりました。文吉とともに住んでおりました女が急を知らせたために、相手はなんのなすところもなく逃げ去りましたが、その後ただちに町方の者が踏み込みますと……」

相手はひときわ声を低めて、ぐっと膝を乗り出した。

「殿、不思議なこともあるものではございませぬか。かねて殿のお心にかけておられた地獄屏風の半双が、その押入の中に隠されておったのでございます」

「なに！　地獄塀風の半双が！　して、その品はいかがいたした」

「早速、引き揚げてまいりまして、ただいまお奉行所に持参いたしておりまする」

甲斐の顔には覆いきれない喜びの色があふれていた。

「遠山が……まぼろし小僧と……よもや、これを明るみに出すことも……」

わけのわからぬ片言を、二つ三つ、低く口の中につぶやいたかと思うと、

「して、そのやくざは、いかがいたした」

「昨夜から家に帰っておりませぬ」

「女は」

「あわてて家を飛び出した姿は認めた者もございますが、いずこへ姿を隠しましたか、いっこうに行き先も知れませぬ」

「浪人者は」

「町方の者が到着しましたときは、もはや跡もなく逃げ去りました由にございます」

「よし、ただちに見分いたすであろう。地獄屏風をこれへ持て」

「はっ」

丁重に頭を下げて退いていく同心の後ろ姿を見送って、甲斐は、わが事なれりというように、会心の笑みを漏らした。

いかにして榎屋敷の篠原一角の手もとからまぼろし小僧の盗み出した地獄屏風が遠山左衛門尉の手にわたったか――

いや、それはこの際あえて問うまい。

ただ、彼としても、やはりどこかに欠陥を持つ。放蕩の徒の上がりだけに、その行動にもどこかに暗い影がある。乗ずるすきもないではない。

「これさえ手中に収めれば、昨夜の漁も決してむだではなかったか」

みずから尋ね、みずから答える甲斐の前に、二人の若侍が地獄屏風の半双を抱えて姿を現した。

6

音もなく、南町奉行所の一室、鳥居甲斐守の面前にひきまわされた地獄扉風。

白扇を手に、それを見つめる鳥居の目も、言い知れぬ喜びに燃えていた。

「これ！　まさしくこれにちがいはない！」

ぽたりと扇が手から落ちるのも気がつかぬほど、甲斐は心中の喜びを抑えることはできなかった。

「いかに遠山左衛門尉が北町奉行の職にあったとて、当奉行所よりこれを取り返すことはかなわぬ。出雲家秘蔵の半双は、もう手に入ったも同然のもの。あとは、死人の銭と、お富と……」


指おり数える甲斐の前に、一人の若侍が平伏した。

「なにごとじゃ」

「後藤三右衛門さまただいまお越しでございます」

「お通し申せ」

まもなく、若侍に導かれて部屋に入った三右衛門は、地獄屏風をひと目見て、思わずさっと色を変えた。

思わず二、三歩、膝を進めて、

「鳥居どの。これは何、何でござる」

「あわてめさるな。ご覧のとおりの地獄屏風」

「どうして、これが、この場所に」

にたりと会心の微笑を漏らすと、鳥居はそっと声をひそめて、

「遠山左衛門尉が北町奉行の職にある現在とても、無頼の徒に身をやつし、巷《ちまた》にひそんで下情を探ろうとしていることは、お聞き及びでござろう……。

それがしの調べによれば、下谷数寄屋町、朱桜の文吉と申すやくざがそれ――ところが、昨夜、身もとの知れぬ浪人者が彼の長屋へ斬り込みおった」

「それで……」

「町方の者が駆けつけたときにはすでに遅く、その浪人は雲をかすみと逃れ去ったが、そのあとに残された一品がこれ」

「鳥居どの、まぼろし小僧の持ち去ったはずのこの半双が、どうして遠山の手に入ったのでござろう。そして、また、彼はなぜこれだけの秘密を包む一品を、北町奉行所の役宅にも、自分の屋敷にも置こうとせず、そこに隠しておいたのでござろう」

「それはてまえにもわかり申さぬ」

甲斐は、急所を突かれたというように、唇をきりりと引き締めて、

「いずれにせよ――まあ、それはどうでもよいではないか。それよりも、な、後藤どの、粕谷小四郎の処分だが――」

後藤三右衛門は、急におじけがついたように、あたりを二、三度見まわすと、

「小四郎は今でもそれがしを敵とねらっておりますか」

あるかないかの狼狽をあわれむように、鳥居は笑った。

「ご心配なさるな。それがしが烏を鷺といいくるめて一応は繕ってとらしたが、だが、問題はそのあとのこと――

心きいたる若者と思って配下の数に入れたが、ちと不審の筋がないでもない。後藤どの。青竜白虎《せいりゆうびやつこ》を襲うべからず――とはいかがな意味でござろうか」

「青竜白虎を襲うべからず――」

不思議そうに、三右衛門は口の中で一言を繰り返した。

7

綿のように疲れきった身を床の上に横たえても、園絵はなかなか眠れなかった。

一番鶏……二番鶏……そして短い夏の夜の明けそめるころ、やっとのことで眠りについたが、目を覚ましたのはすでに時刻も昼下がり、――おや、ここはいったいどこかしら。

黒塗りの枕から頭を上げてあたりを見まわした園絵の耳に、甲高いお富の笑い声が隣の部屋から響いてきた。

電光のように、園絵の胸には、昨夜一夜のあの恐ろしい思い出が浮かび上がってきたのである。

「ほっほっほ、主計さまともあろうお方がなんでございます。わたくしなどはしたない町の女に、そのような……」

主計！　早乙女主計がここに!?

園絵は、化石したように身をこわばらせると、寝巻きの袖をきりりと奥歯でかみしめた。

「いや、冗談や酔狂などで申すではない。そのほうももとは後藤家の血をひくご息女、神かけて主計うそいつわりは申さぬ。大願成就のその日こそ、御身を妻に迎えたいと、腹を割っての望みなのだ……」

なつかしい人、主計の声は、ことばは、園絵の胸を匕首《あいくち》よりも鋭くさいなんだ。

「主計さま、あなたさまは、わたくしが後藤家の血をひいているために、奥方になれとおっしゃるのでございますか」

「と申されると……」

「女の邪推かもしれません。いいえ、何度もああして危ないところをお助け願ったあなたさまにこのようなことを申し上げては失礼かとも存じますが……。わたくしの身に黄金百万貫が土産についておりませんでも、あなたさまは、わたくしに、そのようなことをおっしゃいますか」

「お富どの……」

「わたくしもしょせんは一人の女でございます。腰に一太刀ぶちこんで、大の男を向うにまわし、鉄火な啖呵《たんか》をきりましても、時には心の寂しさを感ずることもございます。

後藤家の娘といえば、黄金百万貫の秘密を漏らせば、どんな男もわたくしに心をよせてまいりましょう……。

それがいやさのやくざ稼業……ほかに目当てもありましたが、一つは男を避けるため。後藤家の娘でもなく、黄金百万貫などは夢と忘れて、ただのお富、やくざ女の人魚のお富としてならば、こう思うのでございます。主計さま、わたくしの気持ちをお察しくださいますか」

「さもあろう。いや、それがしがそのほうにこのようなことを申したのは、決して金に目をくらましたわけではない。そのほうの身分を知った以前から、それがしの気持ちも決まっていた。

ただ、何か大望を抱いているらしい様子に、それも躊躇したまで。

武士のことばに二言はない。別れた兄を探し出し家名を継がせ、黄金百万貫の秘密を譲り渡したその上は、みどもの妻となってくれるか」

「でも、あなたのようなお武家さまが、やくざ女を妻に迎えるなどということができますものでしょうか」

「大小二本さらりと捨てても悔いはない」

「でも、小天狗といわれるほどのその腕を」

「武士としてあるまじきことばかもしれぬが、お富、それがしは、刀にかえても、そのほうのことがどうしても忘れられぬのだ……」

園絵は、寝巻きの袖を食いしぼりながら、声も出ぬすすり泣きに全身を震わせていた。

8

わずかに襖《ふすま》ひとつ隔てた隣室に園絵が聞いているとも知らず、主計は両限に無限の思いをこめて、お富の顔を見つめていた。

剣をとって敵に向かうときとはおのずから異なった。しかし、相手の心を底知れぬ深淵にひきずりこむような眼光にたまりかねてか、お富は大きくため息をつくと、そうっと目を外した。

「なりませぬ……なりませぬ……」

われとわが身に言い聞かせるようにつぶやくお富のことばに覆いかぶせて、

「ならぬとは——なぜならぬ」

「人魚のお富ともあろうものが、ほっほっほ、ただの女にかえりました。あなたさまのお心はありがたく承っておりますが、しょせんは肌身にしみた泥水稼業。朱塗りの煙管《きせる》に立て膝で荒くれ男を顎で使う姐御《あねご》きどりのやくざ女に、武家の奥方はつとまりません。といって、あなたさまが大小捨てると申されても、まさかやくざの用心棒に身を落とされることもなりますまい。

添い遂げられぬ仲ならば、かえっていまの気持ちをこのまま持ちつづけていとうございます」

浴衣の襟をかき合わせて、お富は煙管を取り上げた。ふくよかな二の腕のあたりの肌がちらりと紺の袖口からこぼれて、庭にはしばらくやんでいた蝉の声がまたひとしきり高まって……。

「お富どの、もういうまい。いずれはわかってくれるであろう。

だが、そのほう以外に、早乙女主計、妻をめとる気は決してない。これからも命にかけてそのほうの悲願を助けることは、武士の意地でもやり遂げよう」

お富は、澄んだ黒い目を、ふたたび主計の方に向けた。

「園絵さまをどうなさいます」

「園絵！　そのほうは園絵を知っているのか」

「いいえ、まだお目にかかったことはございませんが、曾根さまのお口からも承りました。許婚《いいなずけ》の仲の園絵さまとおっしゃる武家のお嬢さまが、命にかけてあなたさまをお慕いしておりますとか。そのお方がかどわかされて、いまだに行方が知れませんとか。わたくしもそのお方のお気持ちがわからないでもございません」

「いや、許婚などではない。婿養子にという話はあったが、みどもは首を縦に振った覚えはない……」

「でも、おきれいなお方でございますとか。あなたさまにはそのようなお方がお似合いでございましょうに」

「お富どの、そのほうの気持ちはわからぬでもない。思えば、この世に武士ほどつまらぬものはないわ。家名がなんだ――祖先の手柄によりすがって、その威光をかさに、長男と生まれればなんの力がなくても家を継ぎ、二男三男と生まれれば、いくら人物がすぐれていても、一生、部屋住みか婿養子。縁組みひとつ自分の心のままにならぬ――ばかな話だ。

　これが戦国乱世の世ならば、武を練り腕を磨いても役に立たせる戦もある。が、二百年あまりの平和に慣れはてて、銭勘定が出世の糸口。算盤《そろばん》算用ならば、いくら修業をつんでも、商人にはかないもすまい。

このままで、はたしてよいか。徳川将軍家は、このままで、滅びぬはずがあるだろうか」

心ある武家の二男三男ならば、だれしも胸に抱いている日ごろの鬱憤を、主計は思わず口に上らせてしまったのだ。

9

お富も思わず息をのんで、まばたきもせずに主計の顔を見つめた。

「鳥居のような小人が、江戸の庶民を苦しめて、自分の私欲をはかるのも、思えば無理なことでもない。小人玉を抱いて罪あり、という。その小人に玉を預けねばならないような政治の仕方が悪いのだ。

お富どの、そのほうが後藤を恨み、鳥居を敵と思うのも、結局は、腐敗しきった幕府の政治の生んだ毒と戦っているにすぎないのだ。

そのほうは、自分自身では、はっきりわかっていないかもしれない。ただめくらめっぽうに自分の使命を果たしているように思うかもしれないが、もとを正せば、目に見えぬ大きな流れのために、やむにやまれず動いているとでもいおうか――

そのためにこそ、それがしも一臂《いっぴ》の力を貸そうともいう気に最初はなったのだが……笑ってくれよ。恋のためには、人間もつまらぬ理屈をこねたくなる……。

お富どの、たとえそのほうがそれがしの気持ちをくんでくれぬとも、みどもは御身を捨てはせねぞ」

お富は、目に大粒の涙を浮かべながら、主計の前に手を突いた。

「主計さま……身にあまるおことばでございます。あなたさまのお気持ちは、わたくし、身にしみて伺いました。

なにか先に明るみが見えてきたような、地獄に光が見えたような……そんな気持ちでございます。いつまで、とは申しかねますが、その日をお待ちくださいますか」

「武士のことばに二言はない。金打《きんちょう》いたそう」

主計は、傍らの国広を取り上げて、柄に手をかけ、鍔音高く打ち鳴らした。

「主計さま!」

「お富どの！」

　二人はもはやあらゆることを忘れていた。地獄屏風も、死人の銭も、黄金も、剣も、陰謀も、すべてのことを忘れていた。

　息をはずませ、手を取り合って、その両頬《りょうほお》がいつか触れ合おうとしたその時――

「姐御！　姐御！　たいへんですぜ！」

　すっとんきょうな、ひょっとこのあたりかまわぬ高声にわれに返ったお富は、ぱっと主計の胸から離れて、

「どうしたんだい。昼日中から、そんな高声を出すんじゃねえよ」

「へえ、お楽しみのところをお邪魔して申しわけありやせん。実は、ゆうべのお客人が……」

「お園さんが……」

「あんまりお目ざめが遅いんで、まさか死んでもいめえがと、ちょっとのぞいてみましたら、どこにも姿が見えねえんで……」

「お園さんがいないって！」

お富は色を変えて立ち上がると、間《あい》の襖をがらりと開けた。

寝床はたしかにもぬけの般。ただ、枕紙《まくらがみ》がびっしょり涙のあとにぬれていた。

「なんだい、こりゃあ！」

またもひょっとこの高拍子。

「血で書き置きがしてありやすぜ」

「どれ、どこにさ！」

お富は開く間ももどかしそうに、昨夜のままにじーんと暗く燃えている枕辺《まくらべ》の行燈《あんどん》を引き寄せた。

〈主計さま、お富さま、
お二人ともお幸せにお暮らしくださいまし。

園絵より〉

「それでは、あのお方が園絵さま！」

お富は、ぎくりとしたように、行燈を主計の方に押しやった。

10

「なんでえ、ありゃあ」

「気違いかい。あんまり陽気が暑いんで、女も頭にきやがったか」

物見高い江戸っ子たちも、思わず道行く足を止めて立ち止まったのも不思議ではなかった。

あのように、何度ともなく、かよわい身にふりかかってきた地獄の責め苦の数々をこらえてきたのもなんのため。ただ主計恋しさの一念だけ。

園絵でなくても狂うだろう。ああした話を立ち聞きしては、気も狂わずにはおられまい。

どのようにしてお富の家から逃れ出たかも園絵は知らぬ。まして、いまどこをどうして歩いているかなど、園絵にわかる道理はなかった。

昨夜、隅田に身を投げたままの黒髪は、束ねるだけの余裕もなく、洗い髪のように浴衣の背にたれかかっていた。

乾いたはずの自分の着物に着替えるだけのゆとりもあろうはずがなかった。しどけなくほどけた博多の伊達巻きは長く地上に尾をひいて、はだけた胸から、ゆたかな乳房の丘の隆起と、入れ墨の肌がのぞいていた。

草履も下駄もはかぬ素足は、石に傷つき、ほこりにまみれ、赤黒くはれ上がらんばかりだった。

左の小指からは、真紅の血の糸が、だらだらと、止まりもせず、いっそう不気味に見えるのだった。

「姐さん、どこまで行くんだい」

立ち止まっていたぼてふりが、からかい半分、声をかけた。

「出雲屋敷へご奉公に」

「ようよう、殿さまにうんとかわいがってもれいなせえ」

どっと上がった歓声も園絵の耳には入らぬよう、よろよろよろめき、足も乱れた。

「主計さま、主計さま、園絵はあなたさまの身に……」

「おいおい、やっぱり色きちがいだぜ」

「主計さまとかいう殿御とちちくりあうのもいいけれど、あんまり見せつけねえでおくんなせえな」

深い事情を知る由もなくはやしたてる町人の声をもし園絵の父でも聞いたなら、思わずかっと、一刀の下に斬り捨てたであろう。あまりにも痛ましい姿であった。

「町人ども、そこのけ、そこのけ」

その時、黒山の人込みをかき分けて割り込んできた二人の侍が、ぐっと園絵をねじふせて、背の入れ墨をのぞいたと思うと、

「うん、間違いない。ご家老さまのおことばの女に間違いはないぞ」

と、口々にささやきあった。

ご家老といえば、思い当たる名は一つ。出雲家家老、安藤内蔵之助だけだが……群衆の背後には、一丁の肌塗りの駕籠が乗り捨てられていた。そして、そのすだれの陰からちらりと顔をのぞかせたのは、たしかに彼にほかならなかった。

11

今夜もまた、不忍池《しのばずのいけ》のほとりにたたずむ二人の影がある。

一人はお富、一人は同心曾根俊之輔。はたから見たら、池畔に涼を追いながら恋を語

ろう男女二人の姿かと思われたかもしれなかったが、二人の思いは今それどころではなかった。

「曾根さま、どうしたのでございましょう」

「遅いのう。たしか丑満刻《うしみつどき》までにはここに現れて、地獄屏風の半双のありかを知らせるとの文であったが……」

剃刀《かみそり》と異名をとった俊之輔にも、さすがにその半双が南町奉行所の秘庫の中に納められたとは見破るすべもなかったのか。まぼろし小僧の文をたよりに、こうしてお富と二人、池のほとりに現れたのだ。

ごーん、ごーんと、上野の山から鳴り響く夜半を告げる鐘の音は、夜風にそよぐ蓮の花の間を縫って消えていった。

その時、ひたひたと、草履の音をひそませて、こちらへ近づいてきた人影がある。

「来たか」

はっと身構えた二人の前に静かに姿を現したのは、縞の浴衣に手ぬぐいでほおかぶりした一人の男。町人にしてもやくざな身なりであった。

「まぼろし小僧か」

「お富さんに、曾根の旦那でござんすねえ。ご苦労さまでございます。身を包む体でございますから、かぶり物だけはご免をこうむります」

「みどもを曾根と存じおるか」

「こんな商売でございますから、旦那衆のお顔を存じ上げないようじゃ、一日だってつとまりません」

まぼろし小僧は、のどの奥で、かすかな笑いを漏らしていた。

「それも道理。しかし、まぼろし、誤ってはならぬぞ。拙者は、今宵、北町奉行所同心としてこの場にやって来たのではない。お富どのの義心をめぐる曾根俊之輔という武士として、付き添ってきたまでなのだ……」

「そのぐらいのことを察していなければ、わっしもここへはやって来やせんよ」

まぼろし小僧はひくく笑った。だが、俊之輔は見てとったのである。その体には、剣法の奥義に達した名人のように、毛ほどのすきもない。たとえ自分が抜き討ちに横から斬りつけたとしても、その刀はいたずらに空を斬るにちがいない……。

「急ぎの体でござんすから、くわしい話はぬきにしやすが、地獄屏風の半双をお渡しするというお約束は、今夜は果たせなくなりやした」

「親方、どうして！」

「どうしてかなわぬ」

お富も曾根も、固唾をのんで詰め寄った。

「まことに申しわけねえことで……地獄屏風はああして榎屋敷から持ち出しまして、あるところへ預けておきやしたが、ひょんなことからその場所に手入れがあって、南町奉行所に持っていかれやしたんで」

「南に！　鳥居に……」

「しまった！」

二人は、思いがけないこの知らせに、呆然として顔を見合わせた。

「ほかの場所ならともかくも、南のお奉行所にわたっては、遠山左衛門尉さまじきじきにかけあわれたとて渡しはすまい。お富どの、困ったことになりおったのう」

満身これ知、これ胆といわれた同心曾根俊之輔も、思わず腕をこまねいた、
しかし、まぼろし小僧は動ずる色も見せなかった。

12

「お富さん、旦那、くよくよなさるこたあありやせんぜ。地獄屛風を向こうに渡してしまったなあ、将棋でいやあ自分の駒を相手にとられたようなもの、相手の役に立てられてこっちを攻める武器になるなあ、これはしようもねえこったが、こちらとしてはもうご用ずみの品物なんだ」

意外なまぼろし小僧のことばに、いったん血の気を失ったお富の顔にもいくらか生気が返ってきた。

「ご用ずみとは、親分、そりゃあ」

「お富さん、いくらあの屛風が金座後藤家に伝わる家宝の品であっても、いまさらあんな縁起でもねえ品物を大事がる手はねえだろう。屛風なんざあどうでもいい。お富さん、おまえはあの屛風のなぞが解きてえのとはちがうのか」

「でも、なぞをとくには、その屛風が……」

「それはわっしが解いておいた」

「えっ、あなたが！」

たとい屏風は手に入れても、そのなぞはたやすく解けるものではない。その秘密の鍵を握っているのは、広い天下にただひとり、自分があるだけではないか――こう思っていたお富にとって、まぼろし小僧の一言は、晴れた空から雷が落ちてきたように響いたのであった。

「まあ、驚かずにお聞きなせえ」

まぼろし小僧は、平然とわけのわからぬ呪文のようなちぎれちぎれのことばを口ずさんでいった。

「山の奥……

青竜の岩屋……

三つ目を左……

地下一丈……

心せよ……」

ぶつりとここでことばを切って、

「これ以外は、雲州松江家に伝わる地獄屏風に頼るほかはない。お富さん、旦那、おさらば！」

やみに飛び交う蝙蝠《こうもり》かと思うばかりのすばやさで、その体は横っ飛びにとんで、上野の森の中にのまれた。

「親分、待って！」

「まぼろし、待て！」

二人のことばもいたずらに池のかなたに消えていった。

「山の奥……青竜の岩屋……三つ目を左……地下一丈………心せよ……

お富どの。この呪文の意味がおわかりでござるか」

お富は強くうなずいた。

「ええ、いくらかわかっておりまする。ただ、なによりも不思議なことは、どうしてあの男があのなぞを解く方法をわきまえていたかと申すこと――わたくしにはそれがどうしても解せません」

「そうか……だが、拙者にも一つ不思議なことがあった。顔はしかとはわからぬが、あの体つき物腰は、拙者のよく知っている一人の人物に生き写しというほど似ていたのだ」

「そうおっしゃれば、あの声音は、わたくしにもたしか覚えがございます」

二人は、互いに、その心に、いかなる人物を思い浮かべたのであろう。それは一人の人物か、異なる二人の人物か——二人は、相手の腹を探り合おうとするように、それには一言も触れなかった。

13

「なあ、お糸、今度という今度は大役だな」

八兵衛は、妾《めかけ》のお糸を前にして、両腕を組んで嘆息した。

「ほんにねえ。味方同士で相手の腹を疑うなんて、そればかりでもいやなのに、あの侍は、若いに似合わず、めっそうもねえ剣術の達人だからね」

「鳥居の御前のおことばだから、かしこまりましたとお受けするほかにはどうにもしかたはねえけれど、どうせ、こちとらの仲間に飛び込むようなやつらは、脛《すね》に傷持つ凶状持ちか、それでなくても、たたけばほこりの出る体——過ぎた昔は何も聞かずに、知って知らねえ顔をするのが仲間の仁義というもんだ。小四郎という侍が何をしたかは知らねえが、こうして仲間に入ったからは、それはどうでもいいじゃあねえか。こうしてたえず疑心暗鬼を起こしてばかりいるようじゃ、鳥叫の御前もいい悪党にゃあなれねえな」

主計を連れこみ、毒酒に倒そうとしたあの家からは、もちろんあの夜のうちに風をくらって逐電してしまった二人である——だが、江戸の府内に、おそらくこうしていくつかの隠れ家はたえず作っているだろう。

今度は、浅草鳥越のしもたや風の家の中に、行燈《あんどん》を囲んでの対話であった。

「おまえさん、今度はどうしたらいいだろうね。まさか毒酒も盛れまいよ」

立て膝に乱れた裾のあたりからちらちらと赤い湯文字をのぞかせて、お糸はどうでも勝手にしろといわんばかりの口調だった。

「鳥居の御前ならともかく、後藤の旦那にしてみれば、仇とねらう当人だし、あの小四郎が生きていちゃ枕を高くして眠れめえ。してみれば、鳥居の御前にしたところで、一応、使えるだけ使ったら、あとは魚の骨のしゃぶりかすのように、ぽいとほうり出したくなるのもあたりまえだが……」

苦渋とも、当惑とも、疑惑ともつかぬ不思議な陰影が、赤銅色につやのある八兵衛の顔におどっていた。

「あした訪ねていってみようか。そして、それとなく様子をうかがってみるとしようか。はっはっは、鬼といわれた八兵衛も、めっぽう焼きがまわったわい」

われに問い、われに答えるようにして、八兵衛がたばこ盆を片手に提げて立ち上がったとき、庭の方からとんとんと雨戸をたたく音があった。

「八兵衛、開けて、開けてくれ」

風の音にも心のさわぐ体である。すわとばかりに身構えた八兵衛は、お糸にさっと目くばせをして、

「はい……はい……どなたさまで……」

「拙者だ。粕谷小四郎だ。深夜まことに恐縮ながら、殿の命令、火急の用事でまかり越した。開けてくれ」

「はい。ただいま……」

がらりと開けた雨戸から顔をのぞかせた小四郎は、手にした紫袱紗《むらさきふくさ》から文箱《ふばこ》を取って八兵衛に渡した。

「至急ご覧願いたい。ご返事があらばお待ちいたす」

「ちょっとお待ちを……」

さらさらと奉書の巻紙に達筆でしたためてある鳥居の書状に目を通していた八兵衛は、かるく二、三度うなずいた。

「それじゃあ、すぐご返事をしますゆえ、しばらくお待ち願います。なあ、お糸、粕谷さまのお相手をたのんだぞ。十分に、お粗末のないようにな。くれぐれも手落ちがあっちゃならねえぞ」

14

「さあ、お一ついかがでございます」

八兵衛が書状を持って部屋から姿を消したあとで、手早く酒を温めたお糸は、あだな調子で小四郎に杯を勧めていた。

「いや、てまえ酒はいっこういけぬので、ことに今夜は殿の大事な使者でもあり……」

「でも、たんとはいけませんでしょうが、お一つぐらいはよろしいじゃございませんか。それとも、わたしのお酌ではお気に召さないのでございますか」

「いや、そんなことは……」

「では、お一つ……」

お糸のことばを断りかねて、小四郎は杯を口に運んだ。一度、堰《せき》を切ってしまえば、あとはその場の調子もついて、小四郎はいつか一本の徳利を空にしていた。

「小四郎さま……小四郎さま……」

いつか小四郎の顔色が真っ赤に充血したと思うと、行儀よく端座していたその体が前のめりに畳の上に崩れていった。

「お糸、どうした。薬は効いたか」

襖を開いて、八兵衛は敷居の上に立ちはだかった。

「細工は粒々、仕上げをごろうじろとはこのことさ。南蛮渡来の眠り薬はよく効くねえ」

お糸は、毒婦の本性を見せて、勝ち誇ったような目を上げた。

「よし！　これでまんまと罠《わな》にかかった。かわいそうだがしかたがねえ。薬の効きめは半刻《はんとき》（一時間）や一刻（二時間）ぐらいは大丈夫だから、ちょっと懐中物をあらためてみな」

「あいよ」

懐紙、紙入れ、印籠と、武士の身につけているものはそれほど多くはない。あらためるにもそれほど手間はかからなかった。

だが、紙入れの中には、十両の小判、五つの二朱銀のほかに一品、薄絹に包まれた磨きのかかった銅板が、深く秘められていたのである。

「死人の銭！」

めったなことには驚かぬ鬼の八兵衛も、これには愕然としたらしかった。驚きの声を震わせて、

「どうして、こいつがこれを持って歩いていたんだろう。お糸！　さすがは御前のご眼力だ。こいつをふん縛って、押入にぶちこんでおけ。おれは、これからひとっ走り、御前へこいつを届けてくる……」

15

思いもかけない発見に狂喜した八兵衛が身支度をすませて家を後にしたのは、それから小半刻《こはんとき》（三十分）ほど後のこと――町々の木戸はとっくに閉まっていたが、そこは天下の裏道を行く稼業だけに、なんの苦もなく往来して、ある旗本の屋敷近くにかかったとき、

「おい、どこへ行く――」

やみからひくく声が響いた。

「へい、怪しい者ではございません。急病人ができまして、これから医者を迎えにまいります」

「ふん、密貿易の親玉の黒島八兵衛ともあろう男が、えらく殊勝な心がけを起こしたもんじゃねえか」

「なんだと！」

「そんなに驚くこたあねえ、八兵衛、この面を見忘れたか」

屋敷の門柱の陰からぬっと姿を現したのは、白紋付きを着流した浪人篠原一角だっ

た。

「あっ、てめえは！」

「そんなに驚くこたあねえよ。もとを正せば同じ釜の飯をいっしょに食ったこともある二人のことだ、そんなに袖にするこたあねえよ」

といいながら、一角は右手を刀の柄にかけて、じわりじわりと間合いを測って詰め寄った。

「おまえは、おれの腕前を知らねえはずはなかったなあ。長曾禰虎徹の斬れ味に舌を巻いて驚いたのも、たしかにおまえだったなあ。考えてみりゃあ、この一年というものは、ずいぶんおまえに貸しもできてるぜ」

「待ってくれ！　一角、頼むから待ってくれ！」

彼の腕前を知っている八兵衛は、絶叫せずにはおられなかった。

「えらく往生際の悪い野郎だ。首を洗って念仏でも唱えるつもりなら待ちもしようが、それとも色女への言づてでも頼むつもりなのか」

篠原一角は相手の狼狽をあわれむようにせせら笑った。

「頼む……おれはまだ死にたくねえんだ。未練がましいと笑われるかもしれねえが、まだまだこの世にゃ名残がある。このとおり手を合わせて拝むから、見逃してくれ」

「いやだ！」

「そのかわり、こちらもただは頼まねえ。おまえが命をかけて探している死人の銭を、そちらに渡してやろうじゃねえか」

「死人の銭！　死人の銭を渡すというのか！」

一角の目は、爛々《らんらん》と炎のように燃え上がった。

出雲屋敷

1

浪人篠原一角が自分のことばに心を動かした様子を見て、八兵衛はやっと本領を取り戻した。

もともと、彼も法の目をくぐって外国と密貿易を仕事としていた抜け荷買いである。一角の腕前を知っておればこそ一度はおびえもしたものの、さすがに度胸はすわっていた。

「死人の銭はどこにある――さ、早くそれを申せ。それとも、拙者をたばかるつもりか」

「あわてなさんな。おまえさんはあいかわらず気がはええな」

ゆうゆうと腰の煙管《きせる》を取り出した八兵衛は、火打ち石をたたいて一服吸いつけると、

「まあ、こうなりゃあ取り引きだぜ。取り引きというものは、売り手買い手の相談ずく

でなくっちゃ、まとまるもんじゃねえ。そのなげえのを振りまわして人を脅そうたあ、あんまりよくねえ了見だ。まあ、そいつをしまって座んなよ」

「まあ、待ちなせえ。おまえさん、少し近ごろあせってるね」

「よし、話を聞くまで待ってやろう。そのほうの注文というのはなんだ」

攻守たちまちところを変えたかのように、一角は憤然として刀を鞘《さや》に納めると、

「なんだと」

「日糞鼻糞《めくそはなくそ》を笑うじゃねえが、おまえさんのこのごろの仕事の目的はいったいなんだ。ああして浪人どもをかり集め、まだら猫お菊とかいう性悪女とぐるになって江戸の市中を騒がせりゃあ、それで仕事はすむのかい」

「きさま！」

「およしなせえよ。何かといやあ、そのだんびらに手をかけるのは、ちっとも褒めたことじゃねえ。あんまりいい癖といえねえよ。

なあ、おれとおまえさんとがはじめて知り合ったのはたしか十年前のこと。おまえさんも、大塩先生の門下ではその人ありと知られたりっぱなお侍さま、おれも南国、支那

と股にかけ、黒潮をわが家のように住みなれていた抜け荷買い。

大坂の乱の武器調達におれの船に来ていたばかりに、大塩先生の旗揚げに間にあわず、腹を切って果てようとしたのを止めたのはだれのことだ」

「なるほど、そのようなこともあったな」

酒と女にすさんだ一角の目にも、昔を懐かしむような人間らしい色が浮かんだ。

「それからも、おまえさんはおれの船に乗っては、ずいぶんいっしょに船旅もしたじゃあねえか。ルソンやシャムの土を踏んで、異国の女を相手にしちゃあ、もう日本へ帰るのがいやになったとのろけていたのはだれだっけ」

「覚えているよ。そういえば、きのうのように思い出すなあ」

「そのおまえさんが、どうしておれとこのように敵と味方に分かれたんだ。こうして斬り合いをしなければならねえ仲になったんだ。お互いに、そこんところをようく考えてみようじゃねえか。相談ってえのはここのことだよ」

いつの間にか、一角も道ばたの石に腰を下ろしていた。

2

「八兵衛、おまえも昔と変わらねえなあ、立て板に水を流すといわれていたおまえの弁にも、少しも衰えが見えねえなあ」

慨嘆するようにつぶやいた一角は、はっとしたように、ふたたびもとの殺気をおびて、

「いや、いけねえよ、昔は昔、今は今——恩義や義理で縛られていちゃあ、こちらも一日も世渡りができやしねえ。さあ、そのほうの注文というのを聞こうじゃねえか」

八兵衛の頬《ほお》のあたりには、夜目にもしるく、敵はわが腹中に入れりというような会心の笑みが浮かんでいた。

「どうだ、今までのことを水に流して、この辺で、ひとつ、お互いに手を握らねえか」

「おまえとおれが……」

「そうだとも。おまえさんの刀とおれの知恵がありゃあ、だいぶ面白い仕事もできるってえもんだ」

白紋付きの懐手で、大刀の柄のあたりを押さえながら、一角はあざわらうように、

「おれにも鳥居の犬になれというつもりか」

「いや、そうじゃねえ。そうじゃねえよ」

八兵衛はあわててそれを押し止めた。

「実のことをいやあ、おれも鳥居の行状にゃあつくづく愛想が尽きたんだ」

「何をいう――？」

「仲間喧嘩のとばっちりから星をさされて、このおれが、南町奉行を仰せつかったばかりの鳥居に売られて三年になる。

木来ならば五年や十年の島送りになるこのおれが、こうしてのうのうと江戸の市中に足をのばしていられるなあ、みんな鳥居のおかげだよ。

しかし、おれは決して鳥居のことをありがたく思ってなんかいるわけじゃねえ。

あいつは、役に立たねえ人間に、これっぽっちも情けをかけたりするもんか。みんな、他日の役に立てようと思えばこそのたくらみよ。きょうというきょうは、つくづく、おれもあいつのことがいやになった」

ふたたび真顔になった一角は、

「そりゃまたなんで……」

「粕谷小四郎というわけえ侍がいる。おまえさん知っているかい」

「まだ顔を合わせたことはないが……」

「後藤三右衛門を親の仇とねらっている男だが、まあ、そんなことはいいとして、めっぽう腕が立つもんだから、鳥居もそれをいいことに、自分の仲間にひっぱりこんだ。

　事の成就の暁には出雲家に帰参をかなえてやろうとかなんとかおためごかしにおだてあげて、さんざん悪事をさせたあげく、おれに命をとれとのお言いつけさ」

「なるほどな。鳥居の野郎なら、そのぐらいのこたあやりかねねえよ」

「追いかけるうさぎがいなくなったら、猟犬が鍋で煮て食われるとかいうことわざが支那にあるとかいったなあ。おまえさんは学があるから知っていようが、きのうは人の身、あすはわが身と考えちゃあ、おれもそろそろこの辺で鳥居と縁を切ろうってえ考えになったとしても、まんざら無理な相談じゃあるめえ」

「八兵衛、おまえ、ほんとうに……」

「知れたことよ」

　二人はしずかに目を見合わせた。

3

「わかった、そのほうの申すことは、おれもよくわかった。ただ、いざという話として、どういうことになってくるんだ」

一角は、大刀を顎に突きながら、まだ疑念ありげに尋ねていた。

「おまえさん、まだ大塩先生の志をついで旗揚げでもするつもりかい」

「その機をねらっておるのだが……」

「およしなせえ。三百年の長い間、枝葉も枯らさず栄えた徳川家を倒すなどということは、一人や二人の力でできるもんじゃねえ。自然に中の芯が腐って倒れていくのを待っているよりほかにしかたがねえんだよ」

「気の長い……おれには待てん！」

「それがいけねえのさ。いや、それよりも、おまえさんの目的は、鳥居に対する恨みじゃねえか。大塩先生から受け継いだ政治に対する憤りが、おまえさんの体の中で変な形になって吹き出したんじゃねえか」

「そうかもしれん。あいつを生かしておいちゃあいけねえと思う――おれはその念で今まで働いていた。金座のなぞを秘めている地獄屏風や死人の銭を探していたのも、おれは、それを軍資金に、亡き大塩先生の志を継ごうと考えてのことだった……」

「はじめはおまえもそうだったろう。だが、このごろのおまえのしていることを見ると、物取り夜盗とかわりゃしねえぜ」

やみに大きくため息をついて、一角は立ち上がった。

「話はもういい。おまえになんといわれたとて、過ぎた昔にかえれるはずのものでもない。それで、取り引きというのはなんだ。死人の銭は――渡すつもりか、渡さぬか」

「それだよ。おまえさん、ひとつ手を組もうといったのはそこのとこだ。山分けでどうだ」

「山分け――？」

「そうさ。おまえとおれが手を組んだら、地獄屏風は二双とも必ず手に入れられるだろう。死人の銭はおれが持っていることだし、黄金百万貫を横合いから盗み取りしたら、ちょっとは山分けのしがいもあるぜ」

「ふむ、なるほど」

はたと手を打った一角は、

「よし、行こう。敵は多勢、探さねばならないものは数も多い。出雲家秘蔵の地獄屏風は、もう手はずがついている。あとの一双は、まぼろし小僧が……」

「いや、いまは南町奉行所の役宅にあるさ」

「どうして鳥居が……」

「おまえさんが斬り込んだ文吉の家にあったのさ」

「文吉が……」

一角の目はその時わずかに梟《ふくろう》のように燃え上がったが、

「うん、面白い。あとはお富だけというわけか」

「そのとおり。あとは黄金を山分けに。おまえさんは、旗揚げなりなんなりと、お好きなようにおやんなせえ。おれは海賊抜け荷買いの昔にかえって、黒島八兵衛、太く暮らすも細く暮らすもどうせ長くはねえ一生さ」

「よかろう」

うちうなずいた二人の間を縫うように、かなたの路地から金棒の音と同時に流れてくる。

「火の用心、さっしゃりましょう」

4

びっしょりと全身つめたい寝汗にぬれて、後藤三右衛門は目を開いた。

——ああ、夢だったのか！

絹の夜具布団の上で、彼は大きく吐息をついた。

親の仇《かたき》と迫ってくるあのお小姓姿の粕谷小四郎に迫いまくられて落ちていった、火炎地獄の恐ろしさ。牛頭馬頭に大刀で何度も首を斬られてはたえず生き返って、また首を差し出さねばならないその恐ろしさ！

金力と栄誉を求めるほかにはなんの欲もない三右衛門も、なにか自分の将来に肌寒い恐ろしさを感じないではおられなかった。

若いときから、女には毛ほども目をくれず、聖人君子といわれた彼に、老境に入ろうとして、その方の望みの起きるわけもなかった。

妻に死に別れてからも、後添いさえも迎えようとせず、いずれは政略のための縁組みをと、彼の望みはただ金と出世に結びついた。

出雲家に仕えた粕谷与右衛門が、金座の秘密を宿している地獄屏風と死人の銭を手中におさめていると知って、つまらぬことの言いがかりで斬ったのも、若き日の一時の迷いからではない。

その秘密さえ解けたなら、徳川幕府の政治の権はあげて自分の手に帰したもおのずから同じことではないか。

彼はただ、たえず自分の耳もとに黄金の音が聞きたかった。大判小判の泉の中に身をひたして、自分の肌に伝わってくる冷たい涼しい感触をただ楽しんでいたかったのだ。

典型的な守銭奴であり、金のためなら、力のためなら、どんな陰謀をも辞せないという——冷たい男だったのである。

だが、彼が今このように目を覚ましたのは、決して独り寝の寂しさをかこったからではない。悪夢におびえただけではなかった。

ほの暗い行燈の光も届かぬ部屋の片隅にじーっとうずくまっている黒装束の姿があったためではないか。

その身に宿る不気味な殺気が、眠りについた三右衛門に思わぬうちに働いて、悪夢の中の妖鬼となって襲いかかったのでもあるだろうか。

「なにやつ！」

はじめは凝然とその影を見つめていた三右衛門も、ぱっとはね上がって、床の大刀に手をかけた。

「動くな。動いちゃいけねえよ。そちらがどんな居合いの名人でも、こちらの短銃が早かろうぜ」

やみの中からさびのある男の声が響いてきた。

「おのれ！　だれだ！　名のれ！　名のりおらぬか……」

身動きできぬ三右衛門は、ただばりばりと歯ぎしりした。

「まぼろし小僧という泥棒さ」

「まぼろし……まぼろし小僧が、どうして、ここへ！」

「おまえさんに引導を渡してあげようと思って、わざわざやって来たのよ」

「拙者の命をとると申すか！」

「いや、命をとるにはまだ早い。きさまのような極悪人は、ひと思いに命をとっちゃあ分が悪い。一寸だめし、五分だめし、なますのように切りさいなんでもあきたらぬ」

「……………」

「印旛沼開鑿《いんばぬまかいさく》と、出雲家改易、貨幣吹き立てに関するきさまの陰謀の証拠となるような書き物を、今ちょうだいに上がったのさ」

「なんだと！」

「これさえもらえば用はない。あとは公儀に訴え出て……かわいそうだが、金座後藤の当主ともあろう男が三尺高い木の上にさらしものになったら、さだめて客もよりつこう」

「きさま！」

「動くなよ。動くとおれは承知しても、この短銃が承知しねえよ」

てんで役者が違っていた。いかに斬り込もうとしてみても、相手の体には一分一厘のすきもなく、かすかに動く銃口が自分の胸をねらっている。しかも、その覆面の陰からちらとひらめいている妖気を帯びた目の光に、三右衛門は深い眠りに誘い込まれそうな気にさえなった。

いけない！　これはいけないないと、たえず心に戒めながらも、三右衛門は、金縛りの術にでもかけられたのか、がたりと前に首をたれた。あわれむようにその姿を見やったまぼろし小僧は、するすると音もさせずに障子の外へ忍び出ると、一枚開いた雨戸から庭の松の木によじのぼり、猿のように身軽に塀を伝わって、ぱっと大屋根小屋根を越え、外の通りに飛び降りた。

5

「捕った！　曲者、逃さぬぞ！」

折よくその場を通り合わせた一人の目明かしが十手をあげて打ちかかるのをかるくかわすと、まぼろし小僧の姿はやみを切って飛ぶ。

「御用！　御用！」

するすると捕縄がその跡を追ってのび、その子分と見える四、五人が、ばらばらとその跡を追って走った。

「御用！　御用！」

まるで彼の現れることを予期しているかのように八方から現れた目明かしの一隊。一隊が右にあるいは左に回って、黒装束の影を窮地に追い詰めていく。

右に左に逃げまどうまぼろし小僧も、次第次第に数を増し前後に迫る敵を受けては、宙を飛ぶ術を知らずには逃れる道もあるまいと思われたが……。

突然、ある小路の角を曲がったきり、その姿はかき消すようにどこかに消えてしまったのだ。

「どうした、どうした。まぼろし小僧はどこへ行った」

「親分、どこにもいませんぜ」

「とんだどじばっかり踏みやがる野郎どもだ……」

ぶつぶつと口につぶやいた親分株の目明かしは、ふと軒下に乗り捨てられた一丁の駕籠に気がついた。

「御用だ！」

勢い込んだ十手のうなりが駕籠のすだれに飛んだと思うと、

「何をする！」

中からは、ぱっとすだれをかきあげて姿を見せた町人がある。素肌にひっかけた浴衣一枚、白いさらしの腹巻がちらりちらりとのぞくほかには、武器ひとつ持っているとも見受けられない。

「まぼろし小僧、神妙にしろ！」

「わっしがまぼろし小僧だって。はっはっは、こいつあいいや。あんまり笑わせねえでおくんなせえな」

「なんだと！」

その目明かしはきっとなった。

6

この男の正体は――いままでも幾度となくこの物語に現れた朱桜の文吉というやくざである。

いつものように人なつっこい微笑を唇のあたりにたたえながら、両わきに迫る捕り手の数を見ても、まばたきひとつしなかった。

「ご苦労さんなこってすねえ。まぼろし小僧はいったい捕まりそうですかい」

「ふざけるな。立て！　さあ、いっしょについて来やがらねえと、ちったあ痛い目にあわしてやるぜ」

「冗談いっちゃあいけねえや。親方、ちょっと耳を貸しねえ」

「なんだと」

「いいから、耳を出しなってば。おこりのおちるおまじないをしてやるぜ」

何とは知れぬ力に押されて、一人の目明かしの差し出した耳に、文吉はなにか一言二言ささやいた。

とたんに飛び上がった目明かしは、提燈を駕籠のあたりに突きつけて、穴のあくほど文吉の顔をながめていたが、たちまち提燈を投げ出してへいつくばった。

「はあ、知らぬこととは申しながら、とんだ粗相をつかまつりました。ひらに……ひらに……ご容赦を……」

「いいってことよ。知らねえことはしかたがねえやな。それより早く、まぼろし小僧とかいうどぶねずみの退治にかかんなせえ」

「では、ごめん」

ほうほうの体で逃げ出そうとした目明かしを、文吉はゆうゆうと呼び止めた。

「それからな、この駕籠の駕籠かきどもがその辺でうろうろしているはずだから、探してくれんか。なんだったらそのほうたちに片棒ずつ担がせようか」

「いいえ、それには及びませぬ。ただいま駕籠かきを探してまいります」

だが、このどさくさで怪我でもしてはつまらないとでも思ったのか、駕籠かきたちは近くの辻番小屋に逃げ込んで、青くなってがたがた震えていた。

「おい、駕籠かき、お客さまが呼んでるぜ。早く行きねえ」

「へえ、すみません。泥棒はもう捕まりやしたか」

「まだだよ。まだだが、これだけ水を漏らさぬ囲みをくぐっちゃあ、いかにまぼろし小僧でももう逃れっこはあるめえ。いまに見ていろ、この重兵衛が十手にかけて召し捕ってやるわ」

「そう願いたいもんですね。さあ、後棒、行こうぜ」

「合点だ」

息杖《いきづえ》片手に飛び出していく駕籠かきたちを見送って、南町奉行所の配下の目明かし重兵衛は、わけのわからぬため息をついた。

「不思議なこともあるもんだ。南町奉行所のお手入れでまぼろし小僧を捕らえようてえっと、かならず出てくるのは北町奉行……遠山さま……。

まるで、こちらの手入れの邪魔をして、からかっているとでもしか思えねえなあ」

7

本所砂町、松平出羽守の下屋敷——当時の江戸の人々は、これを称して、入れ墨御殿と呼んでいた。

先々代の不昧《ふまい》公も、奥女中たちに入れ墨を施して、かたびら一枚を通してみえるその肌の美しい絵をめでたというが、この代の当主斉貴公も、祖父の英邁《えいまい》とともにこの奇癖までも受け継いだか、身分高い生まれの正室の腕にさえかぐや姫の入れ墨をさせていたと記録は伝えている。

まして、側室、侍女などにいたっては、一人として、生まれながらの肌を持ったものはないといわれるほどの盛観だった。

今宵もまた、庭に面しての月見の宴。
泉水に清く降りくる光を浴びて、斉貴は杯を重ねていた。
　あら面白の月影や……
　心づくしの秋風に、海は少し遠けれども、かの行平の中納言。関吹き越ゆると眺め
　たもう、浦わの波の夜々は、げに音近き海士の家……
朗々と歌いつつ舞う斉貴の憂愁を帯びた美吟に、警護の武士も思わずわれを忘れたか
のように耳を傾けて聞き入っていた。
「殿のお謡もひさしぶりだが、いや、あいかわらずほれぼれとするようなお声でござる
な」
渡殿《わたどの》とははるかかなたの築山の陰に、大刀片手にあたりの警備にあたっていた一人の
武士がつぶやいた。
「まったく。これであの入れ墨狂いさえなければ、あっぱれ名君と申そうものを」
草履《らわじ》の紐を結び直しながら、一人の武士が答えた。
「いや、そうではない。拙者はそうは思わない」

「どうしてなのだ。お抱えの火消し人足どもに入れ墨をさせるぐらいはよいとして、ああして嫁入り前の侍女の肌に傷をつけては、家中にも怨嗟《えんさ》の声の満つるのは、これは当然のことではないか」

「おれは殿の立場になってものを考えているのだ」

「これは面白い。どこに弁護の余地がある。あるなら言って聞かせてみろ」

「武にかけても、文にかけても、人におくれは見せたことのない殿のこと――ただ惜しむらくは、あまりにも平和な時代に生まれられた」

「なんだと」

「真の大才というものは、乱世戦国の世に生まれてはじめて光を放つもの――十八万六千石の家に生まれて、十八万六千石を子孫に伝えるというのでは、殿には満足がならぬのだ」

「ばかをいえ。君君たらずば臣臣たらず、という支那の教えはともかくとして、君は臣民をあわれみ、民は君を仰ぐというのがわが日の本の政治のさだめ。

　殿はよい。殿はああして遊楽に日夜を過ごしておられれば、それで大過のないかぎり、ばかでもあほうでも、十八万六千石の家は保っていけるだろう。だが、そのような暗君を上に仰ぐ下百姓町人はどうなるのだ」

「暗君——といったな。少しことばが過ぎようぞ」

「いや、それがしは殿のことを申したわけではない。物のたとえをいっただけだ」

「まあいい。それでは殿がお気の毒だ——殿は、人の世の誠を求められるばかりに、ああして日夜苦しんでおられ、ああして歌舞音曲にその憂いを忘れておられるのだ」

「人の世の誠というのはどういうことだ」

「まあ聞け。世にも大名ほど不自由なものはないかもしれぬ。それに比べれば、われわれなどはまだ幸せといわねばならぬ。

明けても儀式、暮れても儀式、型にはまった小笠原流で、鯛の片身だけ食うようなきびしいしつけを受けてばかりいたら、自由な人間の営みが恋しくなろうでもないか」

「それが運命というものさ」

相手は鼻で笑っていた。

8

「舞おうぞ、舞おうぞ。舞ってこの世の憂きことを、束の間なりと忘れようぞ」

扇を開いて、斉貴がふたたび舞い始めようとしたときである。

渡り廊下をすり足に、しずしずと進んできた新参の女中白菊——実は毒婦のまだら猫お菊が、殿の真ん前にひれふした。

「恐れながら申し上げます」

「なにごとじゃ」

斉貴に代わって、そのそばにはべっていた楓《かえで》が尋ねた。

「ご家老安藤内蔵之助さま、ただいまお成りでございます」

「内蔵が？　表向きのことならば、明日にと申しつけるがよい」

「いえ、火急の用件につきまして、ぜひ殿にお目見えしたいと申されます」

「やむをえまい。通れと申せ」

やがて、両側に平伏している女中たちに柔らかな微笑を投げながら、家老安藤内蔵之助が渡り廊下を伝わって、斉貴の前に進んできた。

「内蔵、何用じゃ」

「殿、お喜びくださりませ。後宮三千の美妃の中にも並びない絶世の美女が一人、ご奉公を願い出ましてございまする」

「あまり大きなことをいうではない。楓をはじめ一同、さぞ腹を立てるであろうに。して、その女の名はなんという」

「園絵と申す娘にて」

「園絵、園絵……して、入れ墨は、図柄はなんじゃ」

「世にもまれなる逸品にて、殿ご秘蔵の地獄屏風と一双になります地獄変相図にございます」

「地獄変相図……園……園絵！」

末広がりの中啓が、ぽたりと斉貴の足もとに落ちた。

「ご存じでござりまするか」

「いや……して、その身元はいかなる女じゃ。さだめて下ざまの生まれであろうの」

「それが、殿……」

ぐっと大きく膝を進めて、内蔵之助は、

「子細あって名字の儀は口外をはばかりまするが、さる直参の娘御にて、生まれも生まれ、育ちも育ち、殿のおそばに参りましても決して恥ずかしからぬ女にございます」

斉貴は目にたとえようもない歓喜の色を浮かべていた。

「会おう、通せ」

「その前に、いま一つだけ殿に申し上げておかねばならぬ儀がございます」

「なんじゃ」

「今日の暑気のため暑さ負けでもいたしましたか、本日、見苦しき姿にて、街をさまよいおりました。

出雲屋敷へご奉公とさかんに口走りおりましたゆえ、てまえが取り押さえて医者に見せましたるところ、たちまち本復いたしました。もとより乱心とも思われませぬが、いま一両日ご猶予あって、その上で御前にお召しなされてはいかがでございましょう」

「苦しゅうない。今すぐ会おう。連れてまいれよ」

「しからばごめん」

軽く会釈をした内蔵之助は、はるか後ろを顧みて、両手をかるくたたいていた。

雪洞《ぼんぼり》の光に両面を照らされて、渡り廊下を歩み出てきた一人の女……嫉妬半分、好奇心半分、どんな女が現れるかと、するどい視線を注いでいた。居並ぶ侍女の美しさも、とたんにさっと色あせるかと思われた。

9

「園絵と申すか。ちこう、ちこう」

恥じらいの色に頬を染めながら、平伏している園絵に斉貴みずからのことばである。

あの日中の狂乱も、今日でいう日射病とでもいうのであったろうか。

園絵の顔には、もうその影もとどめていない。一時は狂わんばかりに思いつめてはみたものの、自分を救った相手が当の松平家の家老安藤内蔵之助とあっては、これ以上の方便はめったにあるとは思えなかった。

毒にて毒を制するつもりで、園絵は内蔵之助に願って衣装、ゆあみのあとさえ今はすがすがしく、今度のお目見えとなったのである。

「苦しゅうない。面を上げい」

「はい」

「面を上げよ。別に恐るるには及ばぬぞ」

おどおどと園絵の下から見上げる目と、上から微笑を含んで見下ろす斉資の目がぴたりと合った。

「あっ」

驚きの叫びが思わず漏れようとするのを、園絵は必死に抑えた。さては、自分を隅田川から救い出したのは、自分が目ざす出雲家の太守松平斉貴であったのか。

もとより、ただの身分の者ではなかろうと思っていたが、お目見え以前にすでに全裸の肉体を知り尽くされていたという恥じらいの心が園絵の頬を染め、頭をひくく垂れさせた。

「園絵とやら、それがしの顔を存じておるか」

いたずらっ子のように斉貴は笑っていた。

「はい……いいえ……」

「まあよいよい。いずれ、くわしい話は、そのうちいたす折もあろう。楓、この女をいたわってとらせるがよい」

「かしこまりました」

眉ひと筋動かさずに、楓の方は答えた。

だが、その両側に居並んでいる二列の女中の後ろに隠れて園絵の顔を見つめていたお菊の顔には、言い知れぬ恐怖の色が浮かんでいた。

思わぬ敵が現れたもの――これでは、せっかく正体を隠してここへ入り込んだのに、いつなんどき自分の正体を見破られるかもしれぬという恐怖からか、不安からか、その顔は鬼女の形相に変わっていた。

10

かがり火も消え、渡殿《わたどの》、渡り廊下の雪洞《ぼんぼり》も一つ一つとかき消されて、夜のやみがいま広大な出雲屋敷を包んでいる。

自分の局《つぼね》の褥《しとね》によって、楓の方は、さっき内蔵之助から渡された隠し文の手紙を読んでいた。

毒をもって毒を制すと園絵が考えたのもほんの上すべりの知恵にすぎなかったといえよう。内蔵之助の奸計はさらに根強く、さらに陰険を極めていた。

〈とり急ぎ一筆まいらせ候。

本日お目見えの女中園絵は、実は旗本近藤京之進の娘園絵、かの早乙女主計をば命かけて慕いおる女にて候。過日、浪人篠原一角らの手によって浅草観世音よりかどわかされ、その後八兵衛らに押し込められて、入れ墨を施したる儀にござ候。

それがしが当下屋敷にこの女めをつれ帰りたる理由というは、いずれ殿のおそばにはべりしとき。刺客《せっかく》をもって殿のお命を縮め奉り、園絵の乱心再発にてこの惨劇に及びたらんと言いくるめんことなり。

大公儀の方は鳥居殿の力にていかなりとも繕いうべく、亀千代君をもって無事にお家の相続の儀は、もはや内諾を得申し候。

いずれは後日お目もじの際……〉

「なるほどねえ。あの人があれだけの知恵を絞っていたんだから、うかつなこともやるまいとは思っていたけれど、やっぱり才人だけのことはあるよ」

思い直したように、楓は以前の芸者ことばに返ってつぶやいた。

外にはしきりに風の音。それとともに、さらさらと、廊下をだれかが忍び歩くようなきぬずれの音が聞こえてきた。

「だれ……だれじゃ」

一喝《いっかつ》を浴びせて、楓は聞き耳をたてた。だが、物音はそれきりやんで、あとはまた雨戸を越してかすかに聞こえる松の枝間の風の声。軒端にすだく虫の音。

「気のせいかしらん」

楓は、手もとの雪洞を引き寄せて、そっと紙片に火を移した。

安藤内蔵之助の密書も、今はこうして一片の灰となった。だが、その恐ろしいたくらみは、いまも楓の胸の中に炎を吐いて残っている。はげしい野心と邪恋の火、江戸時代、諸侯の家にほとんど例外なく起こった家督相続の争いの一つの頂点に立っているという隠された興奮が、楓の姿をいっそう美しいものにしていた。

だが、それは、毒をいだいた美しさ、するどい針と毒液を裏に隠した毒蜘蛛《どくぐも》の見る目もあざやかな体色と少しもかわりはなかったのだ。

子のために、母は神とも鬼ともなる。ただひたすらにわが子かわいやと思いつづける煩悩が、女の心を狂わせて底知れぬ地獄へたたきこむことは、さまで珍しいことではない。

楓の方は、わが子の姿を、隠された子の父親の幻を暗い虚空に描きながら、凍りつくような笑いを浮かべた。

判官七変化

1

黒島八兵衛と浪人篠原一角との間に奇妙な取り引きが成立したと同じころ——

その鳥越の留守宅でも、妙な事件が起こっていた。

黒板塀の外の路地を忍び足に歩きつづけている人物は、まさしく早乙女主計である。

「ここか……この家なのか」

みずから尋ね、みずから答えて、主計はひたと足をとどめた。

またしてもすべてを見通しているようなまぼろし小僧の書状であった。

先夜、自分を誘い込み、毒酒の計に倒そうとしたその計を破ったまぼろし小僧から、彼らの居場所を知らせてきたのだ。

その理由——それは主計もわからなかった。

斬れというのか。捕らえろというのか。あるいはまた、いつかの恨みを晴らせよとか

——それも理解できなかった。ただ、大きな目に見えぬ力に誘われるように、彼はいまこの家を訪れてきたのである。


「ごめん、ごめん……」

彼はとんとんと戸をたたいた、

「はい、どなたさまでございましょう」

中からはおびえたような女の声。

「実は……高声をはばかるが、南町奉行鳥居さまより火急の使いにてまかり越した。至急お開けを願いたい」

「はあ、それはまあ、実は、八兵衛もたったいま御前のところへお伺いいたしてございますが、行き違いでもございましょうか」

つぶやきながら雨戸を開いたお糸と主計の視線がぱっと合ったとたん、

「あっ、おまえは！」

「女、拙者の顔を見忘れたか。命の恩人の顔を忘れる愚か者では、ろくな悪事もできまいて」

「早乙女、主計……どうしてここを……」

「悪事千里を走るとは、よくも申したものじゃなあ」

主計は鯉口《こいぐち》三寸切って、いざとなったら拝み打ちに一刀浴びせる構えのまま、じわじわと女を家の中に圧迫していった。

「女……八兵衛はおらぬのか」

玄関の上がり口の板縁にぺたりと腰を下ろした女は、大きく震えながら口走った。

「おりませぬ……南町奉行所へ参りました」

「南町奉行所へ、何をいたしに参った」

主計の右手がぐっと伸び、お糸の襟首をつかんだかと思うと、たちまちその体をひきずって奥の一間へ、

「あっ、これは……」

主計は思わず叫びを上げた。その畳の上にくずおれたまま昏々《こんこん》と眠りつづける粕谷小四郎。その前に横たわる毒酒の杯。

「女。薬を盛りおったな」

「…………」

「この男とは、そのほう味方同士ではないか。それなのに、このありさまは、いったいどうしたわけなのじゃ……」

「鳥居の御前のお言いつけで、いやだが一服盛りましたのさ」

お糸はまるで捨て鉢の自暴自棄という調子だった。

「鳥居が、粕谷小四郎に……して、その子細は、その理由は」

「この侍はね、死人の銭を大事に持っていたんでさあね」

「なに！　死人の銭を！」

主計にとってそれは思いも設けぬことばだったのである。

2

おびえる女を脅しつけ、主計はその夜の子細を知った。

だが、一方、それと同時に、名状もできないいくつかのなぞが、またしても彼の眼前に大きく浮かび上がってきた。

まず第一に、彼がこの地獄絵巻のまっただなかに投げ込まれる契機となったあの夜の出来事、お富に渡してくれと頼まれて預かった死人の銭の偽物の件。

あの男はいったい何者だったか。お富にさえそれは理解もできなかった。ただ、目に見えぬ陰の力がお富のために死人の銭を手に入れようと動いていることは疑いもない事実であった。

第二の疑問は、青竜鬼。

この事件の底の底まで見通すようなまぼろし小僧のことばによれば、死人の銭の持ち主は、地獄谷、青竜鬼とのことであった。

その青竜鬼は、すでに江戸表に現れて、主計とも指呼の間にあいまみえたことがあるという。腕においても小天狗といわれた主計にひけをとらず、知謀においてははるかに彼をしのぐという――さては、この女にも見誤るがごとき美少年粕谷小四郎が、恐るべき怪人青竜鬼だったのか。

それにしても、第三の疑問は、鳥居甲斐守がこの小四郎に、なんのため毒酒の計を用いたのか。

利によって集まり、また利のために離散する小人の交わりにおいて、味方をあざむき裏切ることは、あながち珍しいことでもない。

それでは、死人の銭は今ついに鳥居の手に帰したのか。

答ええぬいくつかの疑問が、黒い雷雲のように主計の胸に渦巻き上がった。


いかにすべきか――この女を、この小四郎を、いかにすべきか。

主計はしばらく思案に迷った。

だが、いずれにもせよ、この小四郎が昏々と眠りつづけている今こそ、天の与えた好機ではないか。

「女、覚悟！」

烈々たる気合いをこめて当て身の一撃。うーんと脾腹《ひばら》を押さえて倒れたお糸の体を、主計は押入から取り出した細紐で縛り上げた。

小四郎の身をどこへ運ぶか。

自分の屋敷か、それはなるまい。お富の家か、それも無理。最後に彼の思い当たった名前は、実に、北町奉行遠山左衛門尉景元だった。

「よし……」

うなずいて、主計はふたたび夜の巷《ちまた》へさまよい出た。

もはや辻駕籠も見当たらぬ。自身番、番所への連絡にも、なんとなく躊躇されるものがある。

ひたひたと思案に暮れつつ足を運ぶ主計の前に、音もなくやみの中から現れた一丁の駕籠がある。

「その駕籠、待て!」

行きすぎようとするのを、主計は呼びとめた。

「へい、何かご用で」

「戻りか。客は乗っておるのか」

「へい、急ぎの用でございます」

主計の声を怪しむように、駕籠のすだれがばらりと上がった。そして、中から顔をのぞかせたのは、実に、かの朱桜の文吉だったのである。

3

「珍しい。早乙女主計ではないか。この夜更けに、血相変えてどこへ行く」

文吉は、提燈の光に照らし出された主計の顔を見て、柔らかな女のような微笑を浮かべた。

「そのほうは何者だ……」

主計も思わず啞然とした。町人姿、やくざ風の男が、武士の自分の名を呼び捨てる。当時の風習からいえば、それはありうべからざること。無礼討ちの一刀に斬り捨てられてもなんともいえぬことなのに。

「今夜はいずこへ参ったか。黒島八兵衛の隠れ家は突きとめられたか。いや、八兵衛は逃したのか」

「なんと！」

いよいよいでて、いよいよ主計の肺腑《はいふ》をつく意外な相手のことばであった。

しばらくやみに相手の顔を透かし見て、主計ははっと平伏した。

「恐れながら……北町奉行、遠山左衛門尉景元さまのお忍びのお姿と拝察つかまつります。いかがにございましょうや」

「はっはっは、よう当てた。いかにも景元、忍びの姿じゃ」

「はっ」

冷たい汗が、とたんに主計の背筋をぬらした。

「苦しゅうない、手を上げられよ。役儀を離れ、このように江戸の市井を見まわる身、その挨拶には及ばぬこと」

「恐れ入りましてございます」

主計にとって、この邂逅は、天の与えた好機としか思われなかった。

「実は、お奉行さまにいささかお願いの筋がございまして、ただいまお役宅へお伺いいたすつもりでございました。ぜひ折り入って、人間一名、お預かり願わしゅう存じます」

「みどもに人を預かれとか——して、その名は」

「粕谷小四郎と申す者。ただいま黒島八兵衛の隠れ家におきまして毒酒に倒れておりまする。死人の銭のなぞを握るかけがえのない人物なりと存じまするが……」

「粕谷小四郎！　毒酒に……主計、そのほうは大魚をみごと釣り上げたのう。して、小四郎はただいまも死人の銭を所持しおるか」

文吉も思わず駕籠から身を乗り出し、やみを貫くような視線を主計の方に投げたのだった。

「それが、毒酒の計にて死人の銭を八兵衛に奪い去られたあととかで……」

「うーむ」

腹の底から絞り出すような悲痛な吐息とともに、ふたたび文吉は駕籠の背に身を投げかけた。

「よし、行こう。供せい。駕籠屋、鳥越まで参れ！」

ふたたび、息杖《いきづえ》の響きとともに、駕籠わきの提燈の灯は虚空を飛んだ。

4

「殿、この家にございます。これが黒島八兵衛めの隠れ家で……」

「存じおる」

駕籠から降りた文吉は、一声ひくくつぶやくと、肩から棒をおろして一息ついている二人の駕籠かきに声をかけた。

「そのほうどもは、早乙女どのに手を貸して、粕谷小四郎を連れ戻れ。早く、見とがめられぬうちに……」

「では、殿……」

家の中に踏み込んだ主計は、二人の駕籠かきとともに、今もなお昏々と眠りつづける小四郎の体を抱え上げて帰ってきた。

「駕籠に乗せい。主計、そのほうはこの家にとどまれよ。八兵衛がもしも戻ってまいったら、一刀の下に斬り捨てても、断じて死人の銭だけは取り返さねばならぬのじゃ」

「かしこまりましてございます。殿には」

「小四郎とともに立ち帰る」

駕籠がふたたび宙に浮くと同時に、主計は声をかけた。

「殿、最後にお尋ねせねばならぬことがござります。この男、粕谷小四郎こそ、青竜鬼にござりましょうか」

文吉の顔には、夜目にもしるく焦慮の色が浮かんで消えた。

「それは今ここでは申すわけにはまいらぬ。いずれはそのほうにもわかること——明朝早く、奉行所にそれがしを訪ねてまいれ。すべてを打ち明けとらすであろう。

では、主計、心せよ。黒島八兵衛なる人物は一筋縄の相手ではない。まして、その背後には、鳥居甲斐の大きな力が動いている。

死人の銭を手に入れずば、地獄屏風も、お富の身もなんの役にも立ちはせぬが、これが手に入りさえすれば、金座のなぞも解けるのだ。黄金百万貫の秘密も、即座に判明いたすのだ……」

国広の柄に片手を添えながらひれ伏す主計の耳の底に文吉のことばが響いて消えたかと思う間に、駕籠の灯ははるかかなたにかすんで去った。

ほっと一息ついた主計は、いまは心も安らかに、すっくと路上に立ち上がった。

宿敵、黒島八兵衛よ、鳥居甲斐よ。来らば来れ、ただちに斬って捨てるまで。

凜然と夜風を肩で切りながら、主計はふたたび家の中へと姿を消した。

その時遅く、路地の入り口、天水桶《てんすいおけ》の陰から姿を現したのは、八兵衛と篠原一角の二人である。

「八兵衛。しまった。遅れたぞ」

「主計の野郎、どうしてここを……」

八兵衛の浅黒い顔は、はげしい怒りと興奮とに、野獣のようにゆがんでいた。

「どうする。踏み込んでたたき斬るか」

肩をゆらす一角に、

「いや、あいつなんぞにかかずりあっている暇はねえ。あの駕籠をつけるが勝ちだ。そっちが先だよ」

「どうしてそんなにあわてるのだ」

「あいつの顔を見なかったか、あの駕籠わきについていた男の顔を……」

一角は、息せきこんで、八兵衛の腕をぐいと押さえた。

「だれだ……拙者はよく気づかなんだが……」

「朱桜の文吉というやくざ者——いやさ、遠山金四郎さ」

一瞬、死のような沈黙。それを破って、くっくっと、一角ののどを鳴らす音が聞こえた。

「よしッ」

ほえるようにひと声わめいた一角は、腰の虎徹にそりを打たせて、やみの中へと突っ走った。

5

神霊山、護国寺の門前、音羽一丁目の角に、名だたる豪商の別宅かと見える瀟洒《しょうしゃ》な屋敷が建っている。

こぢんまりした造りであるが、冠木《かぶき》門にも、庭の松にも、京都の風を写し取った数寄をこらした家であった。「十風庵《じっぷうあん》」と記された門の標札を眺めて、いかなる風流人の仮の住まいかと首を傾ける通りすがりの人も時おり見られたが、粕谷小四郎を乗せたこの辻駕籠は、やみにまぎれてこの門内に担ぎ込まれた。

なんのため、文吉は日影町の遠山左衛門尉の役宅を避け、この招かざる客人をこの家へ連れ戻ったのであろうか。

その理由は、いずれ明らかになることだろう。そこにはおそらくだれも気づかぬような大きな秘密があったのだった。

「浜野どの、浜野どの」

額の汗をおしぬぐった文吉は、離れのひと間に声をかけた。

「お帰りなさいませ」

燭台片手に現れたのは、あの黒観音の気違いばばあ。いかにしてこの家にかくまわれているのかはさておいて、きょうは切り髪、被布姿に。どこか豪商の隠居と見える身なりであった。

「お客人をお連れ申した。よろしく頼みますぞ」

「お客人とは――え」

「はっはっは、神通力を備えたはずの御身にも、駕籠の中身はわからぬか」

文吉はにやりとかすかな笑いを浮かべた。

「男臭い。町人か。侍か」

またしても、この老婆の目には、狂ったような光が浮かびはじめたのだ。

「粕谷小四郎という侍さ」

「粕谷小四郎！　それをどうして……して、死人の銭は土産に持参したのかえ」

「それがさ、ひょんなことから逃しおった。まあいい、それは早乙女主計に任せておいたゆえ、おっつけお富の手に渡ろう」

二人の会話の節々には、どことなく不思議な響きがあったのである。

息杖をしまい、駕籠をかたづけた駕籠かきたちは、すだれを上げて、青ざめた小四郎の体をかかえ出した。

「死んでいるのかえ」

「死んじゃいねえさ。眠り薬を一服もられて寝ているところを、こうして助け出してきた。おい、てめえら、奥へ連れてって介抱しろよ」

「かしこまりました」

遠山左衛門尉としては不思議なほどに乱暴なことばづかいであった。

朽ち木のように運ばれていく小四郎の姿を打ち見やって、この老婆は、すすり泣くような、あざわらうような、かすかな声を立てながら、

「この男をどうなさるおつもりかのう」

「少し考えがあってのことさ。この男がどうして鳥居一味に加わるようになったか、そこまではまだこちらにもわからねえ。しかし、この男の生まれと育ちとを考えりゃあ、決して心の底の底からあいつらに加担したとは思われねえ。

まあ、もとの体に返ったら、そこはじっくり話し合い、思わぬ星がつかめねえとはかぎらねえ。青竜白虎《せいりゆうびやつこ》を襲うべからず——このことばをあいつはまだ覚えていたよ」

文吉はまたもやなぞの一語を吐いた。

6

その翌日、北町奉行所の一室で、端然と書見にふけっていた遠山左衛門尉景元は、廊下をすり足で近づいてくる人の足音に面を上げた。

「曾根、俊之輔か」

「御意にございます。死人の銭の件に関しまして、殿のお耳に入れたきことが……」

「苦しゅうない。ちこう」

「はあ」

小腰をかがめた俊之輔は、ぴたりと景元の近くに直ると、

「殿には早乙女主計と申す部屋住みの者をご存じでございますか」

「存じおるが、いかがいたした」

「ただいま当奉行所に現れまして、昨夜のことにつきましてお耳を汚したいと申しておりまする」

「昨夜のこと――？」

遠山左衛門尉の顔にはかすかな疑惑の色がかすめた。常人ならばいざ知らず、剃刀《かみそり》同心、曾根俊之輔が、これに気づかぬはずはない。たちまちぐっと膝を進めて、

「殿、まことに僭越にはござりますが、あまりにはしたない儀はいかがかと存じまする」

「はしたない――そのほう何を申すのじゃ」

「昨夜、金座の近くにおきまして、まぼろし小僧のお手人れが南町奉行所の手によって行われました由にてござりますが、殿にはその現場近くにおいでとのこと、それはまことにござりますか」

「昨夜と申すか。覚えはないのう」

すべてを見通すような澄みきった漆黒の瞳を上げて、俊之輔は相手の顔を仰ぎ見た。

ややあって、膝をたたいた俊之輔は、

「読めました。それにて子細は知れました。このほどよりの疑念の段々、氷解いたしてございります」

「何が読めた」

「いえもう、こちらのことでございます」

俊之輔は大きく何度かうなずいた。

「して、早乙女主計の儀はいかが取り計らいましょうや」

「会うのもよい。会って話を聞いてもよいが、天下の町奉行の職をもって、公然この陰謀の渦中に加わることは、みどもも最後まで避けたいのだ。曾根、そのほうに任しおくぞよ」

なんの屈託もないように、俊之輔は静かに笑って両手をつかえた。

江戸中村座の檜舞台の上で襲名披露の口上を述べようとする立て女形《おやま》にも似た、あたりを圧する貫禄で、

「殿、万事お任せくださいませ。そのお心は、俊之輔、よくのみこみましてございます。この上は、身命にかえましても……早乙女主計の儀については、十分ご安心くださりますよう」

7

早乙女主計はなにか割り切れぬ思いであった。一夜をあの家で待ち明かしても、八兵衛はもとよりだれも姿を見せる者もなく、処置に迷って、遠山左衛門尉の指示を仰ごうと北町奉行所を訪れたのに、奉行は多用中とのことで、同心曾根俊之輔に軽くつっぱなされた形であった。

不可解といいたいようなうつろな気持ちで、彼は奉行所を後にした。

これからいかにすればよいのか——彼はその判断に悩んでいた。

あるいは、遠山左衛門尉としても、公式には彼の引見を差し控える気になったのか。それにしては、昨夜のことばが気にかかる。

と思い、かく考えつつ、彼が真夏の日差しを浴びて歩きつづけていたあいだに、

「もし、旦那、早乙女の旦那」

と呼びかける声があった。はっとあたりを見まわすと、傍らの茶店の陰にたたずんでいる鳶のなりをしたいなせな男。

紺の半纏《はんてん》、腹巻に「い組」の印もあざやかに、いきな火消しの装束だったが、

「あっ、御前」

「しっ、声が高い」

つかつかと歩み寄ってきた文吉は、ひくく主計にささやいた。

「主計、許せよ。ああして町奉行所では、折り入っての話もなり難い。八兵衛は昨夜帰ってまいったか」

「恐れ入ります」

彼の不満も、炎天下の氷のように、たちまち跡形もなく消えた。

「御前のこれまでのお志、主計感服つかまつりました。それと知らずに、曾根どのへの無礼の段々、なにとぞお許しくださりませ」

「なんのこれしき。して、八兵衛は、昨夜の首尾は」

「一夜を寝ずに待ち明かしましたが、彼は帰ってまいりませぬ。これからいかにいたすべきか、殿のお指図を仰ぎたく存じまして」

「さては、八兵衛、風を食らって逃げおったか」

文吉の顔にはまざまざと苦渋の色が浮かび上がったが、きっと唇をかみしめて、

「不思議なことには、主計、南町奉行所にさしたる動きが見えぬのじゃ」

「と仰せられますと」

「死人の銭はまだ鳥居の手には入っておらぬ、ということになる」

「はっ」

主計も耳を疑った。昨夜、八兵衛の心中に起こった大きな変化など、神ならぬ身の知る由もないことながら、それはたしかに思いがけないことだった。

「いずれにもせよ、往来にては詳しい話もなり難い。きょう一日、あの家の見張りを続けるがよい。それにても、八兵衛が帰ってまいらぬようなれば、今宵、深川の船宿、香月という家を訪ねてまいれ。くわしいことはその節に」

「かしこまりました」

「それじゃあ、早乙女の旦那、ごめんなすって。わっちゃあこれから寄り合いへ参ります」

文吉はがらりとことばの調子を変えた。

「手間をとらせてすまなかったの」

男でもほれぼれするような笑いを後に残して、文吉は横の路地へ消えていった。

8

下谷二長町、人魚のお富の家へ、いま届いた一丁の駕籠《かご》がある。

中から現れたあの老女、切り髪に被布姿の浜野にちがいなかった。

小腰をかがめて迎えに出たひょっとこに、

「もし、ちょっとお願いいたします。お富さんはおいでてございますか」

「へえ、姐御《あねご》は家でござんすが、どちらさんで」

浜野は手にした紙包みを相手の手の中に握らせて、

「道玄坂のばばあが訪ねてきたと申してくだされればわかりますぞえ」

「へえ、これは大きにすんませんねえ」

ばたばたと奥へ駆け込んでいったひょっとこは、たちまち玄関へ駆け戻った。

「へえ、どうぞこちらへ。お草履はこちらでございい。なんならお手をとりましょうか」

「その心配には及びませせぬ」

浜野は奥の一間へ通った。

襖《ふすま》をさっと開いたのは、朝顔模様の浴衣に細帯を締めた洗い髪の人魚のお富である。

「まあ、ばあや、どうしていたの。会いたかった。今までどこに……」

「お嬢さまもお元気でなにより……」

浜野の目には二つ三つ大粒の涙が浮かんでいた。お富の前ににじり寄って、その両の手をとらんばかりに、

「いろいろ子細もございまして、今まで姿を隠しておりました。お嬢さまのご安否は一刻たりとも忘れたことはございませぬが、なにとぞお許しくださいまし」

「いいのよ、いいの。わたしのことはどうでもいいの。ただ、おまえは年をとっていることでもあるし、どうしたのかと心配した。でも、元気でおってなによりのこと」

「申しわけもございません。実は……お嬢さま……」

あたりを見まわし、声をひそめた老女浜野は、

「どうぞお喜びくださいまし。大願成就の日も遠いことではございませぬ」

「それはどうして」

「兄上さまの行方が知れてございます」

「兄上さまが……」

お富も、意外なこのことばに、黒い瞳を大きくみはった。

「兄上さまが、ご無事でかい。それで、いま、どこにどうして……」

「お会いになりとうございますか」

「ばあや、何をいうのよ、たとえ唐天竺《からてんじく》なりとも訪ねていきたいくらいに思うのに、江戸の市中におられるのかい」

「それではご案内申しましょうか」

「いますぐにも行きましょう。でも、その前に、くわしい話を早く聞かせて、早く、早く」

お富の声は思わず高くなっていた。

9

待望かなって出雲屋敷に一夜の夢を結んだ園絵の心は、決して安らかなものとはいえなかった。

武家の娘と育った彼女に、大名の奥屋敷の礼儀作法は決して厳しいものではなかったが、女同士の冷たい視線は、針のようにその身をさいなんでいた。

箸《はし》の上げ下ろしの一つ一つにも、氷のようなひややかな目が光っていた。

女同士のはげしい嫉妬が、殿の寵愛をこの新参の女に奪われてなるものかという敵意の念が、痛いくらいに感じられた。

おどおどと、陰に陰にと身をひそめて、気づかれぬように振る舞っていた彼女にも、はっとしたことが一つある。

庭の向こうの渡り廊下を、急ぎ足で通り過ぎていく一人の女中に気づいたとき、園絵は思わず息をのんだ。

その胸の鼓動も止まる思いだった。

それは夢にも忘れえぬあの女。自分を観世音の境内から誘い出し、あの古屋敷の土蔵の中に監禁し、生ける肌身を傷つけた女夜叉《にょやしゃ》ではなかったか。

でも、まさか、あの妖女が、あの毒婦が、こともあろうに大名の下屋敷に住み込んでいるはずはない。

きっと、他人の空似であろう。

園絵は、われとわが心に、その想像を打ち消した。

「園絵どの、何をしておいでじゃ」

意地悪そうに目を光らせて、一人の老女が立っていた。

「いえ、別に……」

「お部屋さまがそのほうにご用があるとのこと、はようこちらへ」

「はい……」

うつむきながら、園絵は鏡のような廊下を老女の後に従った。

「お部屋さま、園絵どのを召し連れましてござりまする」

三十畳ほどの大広間、上段には脇息《きょうそく》にもたれた妖妃、楓の方。その両側には、あまたの侍女、腰元たちが、威儀を正して居並んでいた。

「園絵とか申したのう」

甲高い楓の方の声が、畳の上にすりつけた園絵の頭上を流れて過ぎた。

「面を上げい。面を上げい」

おそるおそる見上げた視線が楓の方の目と合ったとき、園絵は身も凍るばかりの恐怖を感じた。

「なるほどのう。昨夜は暗さにまぎれてしかとも見なんだが、さすがはご家老さまが目をつけられるだけあって、眉目《びもく》うるわしき女じゃのう」

針を含んだそのことばに、園絵はただその身を震わせるばかりであった。

「そのほうは当家の家憲を存じおるか」

「…………」

「当家の奥勤めをいたす女中は、殿のご命令により、その身に入れ墨がのうてはかなわぬ。

いやさ、珍しい地獄変相図とやらを入れ墨したそのほうに、それしきのこといま申すにも及ぶまいが、その入れ墨をこれにて披露いたすがよい」

園絵は鋭い氷柱《つらら》で総身を貫かれる思いであった。

「裸になれと申すのじゃ。何を遠慮いたしおる」

「はい……」

「園絵どの、お部屋さまのおことばでござりますぞ。はよう着物を脱ぎませぬか」

「はい……」

園絵はただもじもじと身もだえするばかりであった。

「えい、ここな強情者めが。それ、皆の者！」

癇筋《かんすじ》立てた楓の方の一声に、

「御意にございますぞ」

「これもご当家のならわしじゃぞえ」

たちまち立ち上がった十数名の女中の群れが、右に左に、後ろに前に、園絵の全身に襲いかかった。

「あれ、あれ……」

「ならわしじゃぞえ。ならわしじゃぞえ」

帯も着物も、櫛笄《くしこうがい》にいたるまで一糸残さずはぎとられ、嘲笑のうちに畳の上に突っぷして泣く園絵の姿に、楓の方は心地よさそうに笑っていた。

10

それから一刻《いっとき》（二時間）ほど後のこと。

深川の船宿、香月に訪れてきた一丁の辻駕籠《つじかご》からばらりとすだれをかかげて降り立ったのは、まだら猫お菊であった。

さては、園絵の出現に驚いて、一角と前後の処置を打ち合わすべく、宿下がりのお暇をいただいたのであろう。

出迎えに出た番頭の耳に何かささやくと、委細心得たというように、愛想よくもみ手をしながら、丸髷《まるまげ》の女将《おかみ》は奥へ案内した。

「お連れさまのおいででございます」

座布団を丸め、大刀を抱いて横になっていた篠原一角は、がばりとその場に起き上がった。

「おお、妹か。よく来たのう。女将、船の支度は整ったか」

「はい。ただいま」

出ていく女将の姿を横目でずっと見送りながら、一角の膝にとりすがらんばかりに寄り添ったまだら猫お菊。

「ねえ。おまえさん、たいへんなことになったんだよ。どういうつてか知らないが、あの女、園絵がね、出雲家へ奉公にやって来たのさ」

「なに、園絵が！」

さすがの篠原一角も、これには愕然とした様子であった。

「そいつあたいへん。それで、おまえに気がついたか」

「まだなのさ。でもねえ、長いこたあないよ。二日とたたないうちに、こちらの正体も見破られるにきまっている」

「うーむ」

腕をこまぬいた一角は、しばらくことばもつげなかった。

「ねえ、おまえさん、どうするね。ずらかるしかしかたがないんじゃないか」

「宝の山に入りながら……無念。よし、船で相談するとしよう」

すだれをかかげた一角は、川の上に浮かぶ屋形船の方に目を投げた。

支度万端整った一艘の船が二人を待っている。だが、一角は、はたしてこれに気がついたろうか。

その舟の艫《とも》に竹竿を握って立つ、真っ白な腹帯一つ、くりからもんもんの船頭に。

背から両腕、腰、股と青地に朱彫りで散らされた色彩鮮やかな花吹雪。

顔に大きな青痣《あおあざ》があとを残しているとはいえ、それこそ朱桜の文吉の身をやつした忍び姿であったのだ。

覆水破舟

1

「お大事に行っていらっしゃいませ。では、ごゆるりと」

船宿の女将の愛想よい笑いに送られて、篠原一角とまだら猫お菊とを乗せた船は、つーっと川の上に滑り出た。

船頭の竿を持つ手も、たちまち艪をこぐ手に代わって、すいすいと水切り虫の走るように夏の川面に船は進む。

「ねえ、おまえさん、おまえさんてば」

快い涼風に頬をなぶられて、ほっとひと息したように、お菊はしどけなく膝を崩して、一角の膝にもたれかかった。

「しっ」

「なんだい、そんなにかしこまってさ。陸《おか》と違って水の上、人目にかかる気づかいなんかありゃあしないよ。毎日毎日なれないさようしからばでかしこまっているあたしだもの、こんな時ぐらい、ちったあ羽目を外さしてくれたってよさそうなもんじゃあないか」

「いま少し待て。こちらにもちっと考えがあるんだからな」

一角は、虎徹《こてつ》の柄《つか》を握りしめ、お菊の精いっぱいの媚態にも目をくれようともしなかった。

「船頭。いま少し遠くへ参れ。もっと沖までこぎ出せ。あまり人目にかからぬ方へ」

「合点でさあ」

ぎいッ、ぎいッと、しばらくは艪をこぐ音だけが続いていた。

「ねえ、おまえさんったら、どうしたんだい。きょうは様子がおかしいよ」

答えもせずに、一角はすだれをはらって両岸を見まわした。

右も左も隅川の土手、あたりに船も見あたらない。

「もういい、このあたりで船を止めてくれ。どうだ。一杯遣わそう」

「へえ、ありがとう存じやす」

艪を押す手をやめ、船べりづたいに近づいてきた船頭の姿をにらんで、一角は悪魔のような笑いを漏らした。

「さあ、杯をとらせよう。お菊、ひとつ酌をしてやれ」

「はい、船頭さん、ひとつ受けてくださいな」

「へえ、これはごちそうさまで」

杯を受ける文吉の姿をじっと見つめていた一角は、ほっと大きく嘆息した。

「船頭、そのほうの名はなんという」

「へえ、三吉と申しやすけちな野郎でごぜえやすが、どうぞこの後もごひいきに」

「そのほう、なかなかやりおるのう」

「いいえ、どういたしまして。こんな稼業はしておりますが、この方はいっこう不調法で。杯三杯もいただきますと真っ赤になって、金太郎の火事見舞いみたいな顔になりますくれえで」

「酒のことではない。剣法の心得があるなと拙者は申したのじゃ」

腹をかかえて文吉は笑った。

「ご冗談をおっしゃられちゃあ困ります。こんな稼業でござんすから、たまには喧嘩もいたしやすが、たかが薪雑法《まきざつぽう》つかんでのなぐりあい、斬った斬られたなんてえことはただの一度もごぜえやせん。そいつは何かのお間違いでごぜえやしょう」

「いや、たとえ拙者が斬りつけても、一刀に斬り伏せられる構えではない。いま杯を受けるのを見ても、そのほうの身には寸分のすきすらないぞ。

「そいつあとんでもねえお話で……」

またも文吉は大きく笑った。

2

一角の目は光っている。文吉がどんなに笑い飛ばそうとしても、その目の光は消えなかった。

さすがにお菊も何かしらただならぬ空気を感じとったのだろう、すっと身を引き、帯の間に手を入れて、固唾《かたず》をのんで二人の顔を見比べていた。

「まあいい、剣法の話は好まぬとあらば、よしにいたそう。ところで、そのほう、なかなかみごとな入れ墨をいたしおるではないか」

「お目を汚して恐れ入りやす。なにしろ、こちとらのような裸稼業の虫けらにゃあ、これが大事の一枚看板、大したもんじゃあごぜえやせんが……」

「いやどうして、大したものじゃ。当時名奉行とうたわれる遠山左衛門尉景元と、たしかに同じ入れ墨じゃのう」

肺腑《はいふ》をつかん一言にも、文吉は眉毛《まゆげ》一筋動かさなかった。

「別にあやかったわけでもごぜえやせんが、咲くも花なら散るも花、男一匹と生まれたからにゃあ、せめて散りぎわだけでもいさぎよくと、こう思って彫りましたこの入れ墨」

「散りぎわもよく――そいつあ見上げた了見だ。いや、そうなくてはかなわぬこと。男一匹、いざとなったら、俎《まないた》の上にのせられた鯉と同じ、じたばたするにも及ぶまい。船頭、そのほうは拙者の顔を見忘れたか」

「いまお目にかかりますがはじめてで」

「ほざきおるな……」

かっと目釘に湿りをくれて、一角はまさに、鯉口《こいぐち》三寸、切って放たん構えであった。

「朱桜の文吉、いやさ遠山金四郎、命はもらった。そこ動くな！」

「これはとんでもねえお間違い。入れ墨の図柄が同じだというだけで人違いをされて斬られたんじゃ、いくらなんでもやりきれやせん。

　桜の入れ墨をしただけでお奉行さまになれるものなら、江戸町奉行の格も下がるというもんでさあ……」

「ほざくな。おのれ、手のうち見たぞ！」

　剛刀一閃《いっせん》、据え物斬りをそのままに虎徹の刃に文吉の生き胴斬ったと思われたが、そこは手練というものか。間一髪の早業で、一角の利き腕を押さえた文吉は、逆手をとって、相手を船底にねじり倒した。

「じたばたするねえ、船が揺れらあ」

「うーう、おのれ！」

「いったん岸を離れたら、武家も町人もありゃしねえ。命をあずかる船頭に斬りつけようてえ根性だから、お奉行さまとこちとらのようなしがねえやくざと間違えるのさ。陸《おか》と勝手が違うから、こんな船頭風情なんかに組み敷かれるようなことにもなってくるのさ」

「それ。お菊！　早く助太刀！」

「合点だ！」

お女中姿もどこへやら、毒婦の本性あらわしたまだら猫お菊は、帯の間に隠し持った懐剣逆手に文吉目がけて躍りかかった。

「何をする！　何をするんだ！」

船の上、腹背に敵を受けては、さすがに朱桜の文吉も体にすきを生じたのか、お菊の懐剣は受け流したが、一角はとたんに体をはね返した。

「遠山、覚悟！」

大きく揺れる船底からぱっと飛び上がって、文吉の体が波間にのみこまれた。朱彫りの桜も白い腹巻も、青い川水の下に音もなく消えていった。

3

「おまえさん、それじゃ、あいつが遠山の……」

固唾をのんだまだら猫お菊は、顔色を変えて一角を仰ぎ見た。

「そうよ。あの顔といい、腕といい、桜散らしの入れ墨といい、たしかにやつにちがいはねえ。とんだところでとり逃がしたが、ああして奉行じきじきに船頭に身をやつしてまでおれたちの身のまわりに張りこんでいるところを見りゃあ、こいつあ油断はならねえぞ」

「それじゃあどうする。ずらかるかい」

「まだら猫お菊ともあろうものが、えらくおくびょう風にとりつかれたもんじゃあねえか」

一角はぱちりと虎徹を鞘《さや》に納めた。

「もうこうなったらよんどころねえ。毒を食らわば皿までとか。どうせ極楽の蓮《はす》の花に座れるようなおれたちじゃねえ。地獄屏風のなぞを解き、黄金百万貫を手に入れるか、力のかぎり斬り死にするか。太く短い一生をかけていちかばちかの大博奕《おおばくち》」

「目が出りゃいいがね」

「出る。必ず出るさ」

一角は刀を捨てて艪《ろ》をおした。

「もうあの船宿には帰れはせぬ。どこかの岸につけて、おまえは駕籠で屋敷に帰れ」

「おまえさんは……」

「しがねえ縁から、八兵衛とおれはこのごろ手を握った。いや、鳥居の味方になったんじゃねえ。あいつも悪党にゃあちがいねえが、鳥居の血も涙もねえ仕打ちにはつくづく愛想が尽きたとみえる。死人の銭を手に入れたのをきっかけに黄金百万貫を山分けと、こういう相談がまとまった……」

「大丈夫かい、あとで後悔しないかい」

「こう見えても、おれの目に狂いがねえはずだ。まして、あいつとおれとは、以前は同じ船の上、生死を共にした仲だ……いったんは敵と味方に分かれても、話をすればまんざらわからねえ仲じゃねえ」

「それで、わたしはどうするのさ」

「地獄屏風の半双は鳥居の手もとにおさまった。お富に口を割らせれば、屏風のなぞはすぐ解ける。死人の銭は手に入った。あとは屏風の残り半双、これはおまえの腕次第」

「それがなかなか難しいんだよ」

「だめか」

「いやね、お下屋敷の蔵の中に大事にしまってあることだけは、だいたい見当もついたんだよ。いま、蔵役人を色仕掛けでくどいて丸めこもうとしてるんだが、こいつはなかなかおおごとでね。屏風を持って逃げ出すわけにもいくまいし……」

「いや、屏風そのものに大して用はない。その中に隠された秘密が読めればそれでよい」

「そうかといって……」

「それは拙者に任しておけ。今度はお富を手に入れる。口を割らせる方法も、ちゃんとこちらの胸にある。その上で、屏風の秘密を解く方法を、そちらに連絡するとしよう」

船は音もなく隅田の流れを滑っていった。水に逃れた文吉の姿も今は見えなかった。

4

その夕刻。

下谷二長町のお富の住まいの前に、二丁の駕籠が止まった。

「へい、どうも申しわけありません。いつもの駕籠常にゃあ、あいにく駕籠が出はらっておりやして、辻駕籠を雇ってまいりやした」

と、小腰をかがめるひょっとこにうなずいて、お富はあの老女浜野と前後して駕籠の中に入った。

「深川へ急いでおくれ。香月という船宿だよ」

「へい、かしこまりやした」

えいほーと掛け声高く、二丁の駕籠は宵闇せまる江戸の街を走り出していった。

だが、途中から、ちらりほらりと、この駕籠に相前後するように、向こうの路地から一つ、こちらの街角からまた一つと、行き先を同じくするような駕籠が現れてきたのである。

その中に、だれが、いかなる人物が影をひそめていることとか、もとよりお富は知る由もない。夏とはいえ、すだれを垂れて人目を避けていただけに、自分の連れていかれる先も知れないいくらいの道行きだった。

「駕籠屋さん、ここはどこ」

「へい、深川はもうじきでござんす」

「そう。酒代はうんとはずむから、急いでやっておくれじゃないか」

「ほれ、先棒、酒代はたんまりくださるとよ」

「合点だ」

駕籠かきたちは足を速めた。だが、その行く手は深川ではない。全然、方角が違っている。

駕籠はいつしか下谷から五行松の前を横切り、金杉新田に入ってきた。

夕風に稲穂のそよぐ見わたすかぎりの田の中に、ぽつりと一軒立つ百姓家。その前に駕籠が近づいてくると同時に、前後を走る駕籠のすだれはばらりと上がった。

中には人相のあまりよくない浪人たちが、刀の柄に手をかけながら、お富と浜野を乗せた駕籠に視線を注いでいる。

距離がずーっと詰まると同時に、彼らは駕籠を飛び降りた。

家の中からも、五、六人の浪人がおっとり刀で飛び出してきた。

ばらばらとたちまち駕籠を取り巻いて、十本あまりの大刀がやみにみごとな剣陣を作った。

「へい、お待ちどおさま。着きました」

目くばせとともに、駕籠はその場に下ろされた。

「ご苦労さん」

なにげなく駕籠のすだれをはらった人魚のお富は、さすがに驚きの叫びを上げた。

「駕籠屋さん、ここはどこだい。深川なんかじゃないじゃないか」

もはや駕籠かきの姿はない。ただじりじりとやみに迫る十数本の太刀の風。

お富も今は事態を悟った。

「ははあ、何かのたくらみだね。またあれかい、鳥居の一味かい」

「お富、ようやく気がついたか」

一人の太い声が響いた。

「もうこうなったら逃さぬぞ。泣いてもわめいても聞く者はない。俎《まないた》の上の鯉ではないが、人魚のお富、痛い目せぬうち、おとなしくわれらについてまいるがよい」

「なんだって！」

柳眉《りゅうび》をきりりと逆立てたお富は、駕籠を飛び出すと、朱鞘《しゅざや》の一刀抜きざまに、前の一人に横なぐり、鋭い太刀を浴びせかけた。

5

颪もなく、いまにもひと雨くるかと思われる空の下。

やみの田の面に飛び交うは、青白い蛍の光が二つ三つ。

お富の太刀は空を切った。軽く相手にひっぱずされた。

右に左に逃れるすきをうかがったが、鶴翼《かくよく》の陣さながらに自分を囲む剣陣に、寸分のすきもなければ破れもない。

といって、斬り込んでくる気配もない。じりじりと、お富の額に脂汗。

このまま時を過ごしては、女の身の悲しさに、気力も尽き、腕もおのずと鈍るだろう──自然の負けと知りながら、お富はどうすることもできなかった。

すっと駕籠わきに投げ捨てられた提燈《ちょうちん》が宙に浮かび上がるのを、お富はちらと横目で見た。

「お富、これを見よ。こちらを見ぬか」

引き込まれるようにその光の下をながめたお富は、思わず身震いした。

「ばあや！　浜野！」

第二の駕籠からひきずり降ろされた老女浜野が、襟首を一人の浪人につかまれて、地面にのたうちまわっている。

必死になにか叫ぼうとしている様子だが、声を出すにも出せないのだ。ただ、くっくっという音が、かすかに聞こえてくるだけだった。

「さあ、お富、刀を捨てるか、それともこの女の死ぬのを見届けるか」

憎々しげな男の声。

「畜生！　ひきょう者！」

お富はまたも歯ぎしりした。

「なんとでもほざけるだけはほざくがいい。たとえいかなる戦略を用いればとて勝ちは勝ち、味方の兵を傷つけずに勝ちを収めるのが名将の心得と申すものじゃ」

大刀が浜野ののどに押し当てられた。いま一寸、いや、いま三分、切っ先が動けば、浜野も血へどを吐いて倒れるだろう。お富は見るに堪えなかった。

浜野の心は、そのことばは聞かずとも、お富にはわかっていた。

自分の命の一つ二つ、どうなってもかまいはいたしません。お嬢さまの御身が大事。家再興のそのために、仇敵《きゆうてき》後藤三右衛門の息の根止めるそのために、祖父の恨みを晴らすためには。

だが、お富はやはり女であった。心中にかたく誓った復讐も、いま目の前に繰り広げられるこの乳母の危険にはかえられなかった。

「さあ、どうにでもしやがれ。煮るなり焼くなり、勝手にしなよ」

お富はさっと太刀を投げた。

「いや、そうなくてはかなうまい。さすがは人魚のお富といわれる女伊達だけあって、無用の狼籍せぬ心意気は見上げたものじゃ」

皮肉な声が高く聞こえた。

6

「お富、久しぶりだったなあ」

刀を捨てた人魚のお富は、いまはすべてをあきらめて、浪人たちの命ずるままに、前の農家の戸口をくぐった。

とたんに聞こえただみ声は、忘れもしない黒島八兵衛。

「やっぱりおまえか。鳥居の犬か」

お富もさっと色を変えたが、

「なるほどねえ。千両かけた一六勝負に賽《さい》の目がなびかねえのにやけになって、今度は足腰もきかねえ年寄りをおどしつけ、あたしにいうことを聞かせようとおいでかい。見上げた男ぶりだねえ」

八兵衛は、あかりを片手に、お富の顔を眺めながら、怒ろうともしなかった。

「いや、おまえにそういわれるのも無理はねえ。どんなに怒られてもしかたはねえ。だが、一つだけ、おまえの勘違いしていることがある」

「勘違いもなにもありゃあしないよ」

「まあ、そういうな。おれはもう鳥居の味方じゃあねえんだ」

「なんだって！」

お富も耳を疑った。

「いや、これにはいろいろ訳もある。それはじっくり話もしようが、おれは鳥居に心の底から愛想をつかしてしまったんだ。男一匹、いつまでもああいう野郎の尻馬にのってることたああありゃしねえと思うんだ。

それで、おまえともゆっくり談合した上で、昔のことは水に流し、手に手をとっていきてえと、こう思って呼んだわけなんだが」

「駕籠かきをおどしたか、だましたかしらないが、なんと乱暴なお迎えだろう」

「まあ、そういうな。おれの迎えといっちゃおまえも来てくれめえ」

さすがに八兵衛も苦笑いした。

「ひょんなことから、死人の銭はついこのごろおれの手に入った。地獄屏風の半双はいま鳥居の手に入っているが、これはおまえの話ひとつでおれが秘密を探ってくる。松江家秘蔵の半双も、持ち出すことはできねえとしても、秘密を探るぐれえのことはなんとかやってみせましょう。考えてみりゃ、いままでは敵と味方に分かれていたが、おれもおまえに恨みはねえし、おまえだって鳥居や後藤に恨みこそあれ、おれに恨みはねえはずだ。ここでいちばん手を握らねえか」

「ほっほっほ、何かと思えば、そんなことかい」

お富は大きく笑いだした。

「なるほどねえ。さすがはご禁制抜け荷買いの大親分の考えそうなこったねえ」

「承知か、不承知か」

「まあ忙しい。そんなに早く返事ができるかい」

お富の瞳《ひとみ》は燃えていた。

「だいいちね、鳥居と手を切ったとおまえだけ口ではいうものの、こちらにそれがほんとうかうそかわかると思うかい。まずその証拠が見たいねえ」

「証拠とは」

「鳥居と後藤三右衛門の首を二つ並べておいで」

「なんだと！」

「手を切ったなら、あいつらに愛想づかしをしたんなら、そのぐらいのことはできるだろう。それができないくらいなら、おまえのことばも怪しいもんさ」

「では、どうしても……」

「そうだとも。それがあったら、地獄屏風の秘密ぐらい、いつでもおまえに打ち明けらあ。黄金百万貫にのしをつけて、すっぱりおまえにくれてやらあ。さあ、この取り引きは面白いね」

鉄火な啖呵《たんか》が痛烈に八兵衛の耳を打ったのだ。

7

鳥居と後藤の首をそろえて並べるか——この難題には、八兵衛も苦渋の色を浮かべていた。

「そりゃあ、お富、あいつらの首が欲しいというおまえの気持ちもよくわかるが……」

「犬だって、三日飼われりゃ飼い主の恩を忘れられないというわけかい」

お富の皮肉も鋭かった。

「なんだって！」

さすがの八兵衛もむっとした。しかし、そこはたしかに年の功、色を表にあらわさず、

「首を渡すなあなんでもねえが、それじゃあ鳥居の手に渡った屏風のなぞは解けねえぜ」

「そのなぞなら、ちゃんとこちらが解いてるよ。もうあの屏風にゃ用がないのさ」

血相を変えて八兵衛は、

「なんだと、屏風のなぞを解いたというのか。おまえの手には一度も渡ったことのない

あの屏風のなぞを解いたのか」

「わたしが解かなくったって、まぼろし小僧の手に入りゃあこちらが解いたも同じこと、呪文はちゃんと聞きましたよ」

「うーむ」

八兵衛は手をこまねいて嘆息した。

「それじゃあ、こちらの切り札も一つはむだというわけか。よかろう、お富、死人の銭に、二人の首をそえて、おまえに渡してやろう」

八兵衛の強いことばに、逆にお富はあっけにとられた。

「首を渡すというのかい。そりゃほんとうに」

「男のことばに二言はない」

「偽首でもつかませるんじゃあるまいね」

「ばかをいうな。まさか、偽首、替え玉にだまされるおまえの目でもあるめえ。二人をどこかに誘い出し、おまえに仇《かたき》は討たしてやろう。

だが、その上は、人魚のお富、女のことばによもや二言はあるめえな」

「二言というと……」

「黄金百万貫にのしをつけて、すっぱり渡してくれるというその一言をいうんだよ」

お富も返すことばに詰まった。

「さあ、どうだ。うそかまことか。返答次第じゃこちらにもちったあ覚悟もあるんだぜ」

やにわに、お富は心をきめた。

「よござんすとも。おまえが証拠を見せるなら、二人の首を渡してくれるというのなら、こう見えてもちったあ人にも知られた人魚のお富だよ、二枚の舌は持たねえから、安心して料理にかかっておくんなさいな」

「よし、もうこうなったら一蓮托生、いちかばちかは知らねえが、命をかけての一六勝負、おまえの方に賭けようじゃねえか」

「して、その日取りは、仇討《あだう》ちの日は……」

「今夜から数えて七日七夜のうちに」

「それじゃあ、あたしを一度、家に帰しておくんなさい。あたしが家を開けたんじゃ、鳥居の野郎も怪しむことはわかっているよ」

「いや、ならねえ。その辺の細工はこちらに任しておけ。おまえが手もとにいなくっちゃ、おれの芝居も打ちようがねえ。めったに毒も盛らねえから、むさ苦しいところだが、まあゆっくりと腰でものばして、それまでご逗留《とうりゅう》ねがおうか。おい、お客人をご案内しな」

「それじゃあ、おまえのことばに任せ、あたしも親船に乗った気で」

「今夜のこたあ忘れはしねえよ」

8

針のむしろに座ったような苦痛を耐えて一日を過ごした園絵に、またしても恐ろしい運命が訪れた。

「園絵どの、殿のお召しにござりますぞ」

意地悪そうな目の老女が、敷居の外に立っていた。

「はい、はい……」

「はようこちらに参られい」

すっすっと渡り廊下をすって、園絵は力なく老女の後に従った。

奥座敷、上段の間に端座して、笑みを浮かべて待っている当主松平斉貴の目が、園絵には恐ろしかった。

まして、そのそばに居並ぶ女中たちの視線は、氷のように冷たく園絵の心を刺した。

「園絵、参ったか」

はるか下座に平伏した園絵に、斉貴は声をかけた。

「…………」

「苦しゅうない。即答を許すぞ。面を上げい」

「はい……」

おそるおそる面を上げた園絵の目は、ぱったりと、右に座った女の視線と交錯した。

あの女だ！　あの女、自分の肌を傷つけた憎んでもあまりあるあの妖女が、いま自分の前に座っている！

先刻は遠目によもやと思っていた。人違いかと思ってもみた。

だが、たしかにそれにちがいない。妖婦お菊にちがいないのだ。

園絵の全身は震えていた。人目さえなければ、力が及ばずとも、躍りかかって恨みの一太刀をとも思った――斉貴のことばも耳には入らなかった。一座の人の顔も見えなくなっていた。

「これ、園絵どの、園絵どの、殿のおことばにござりますぞ。ご返答をいたしませぬか」

傍らで畳をたたく老女の声に、はじめて園絵はわれに返った。

「はい……はい……」

「そのほうの入れ墨の由来をお尋ねになっておられる。武家の娘とあろう身が、なぜそのような珍しい図柄の入れ墨をする気になったか、そのいわれが聞きたいと仰せられる」

とたんに、園絵は心をきめた。

「はい、ありがたきおことばにござりまするが、その儀は、少し子細もございまして、人前ではお話しもいたしかねます。お人払いを願わしゅう存じます」

「なに！　人払いとか！　新参者のそのほうが、さりとはあまりにも無礼であろう」

　斉貴の傍らにはべる楓の方が、さっと顔色を変えて園絵にきめつけた。

「楓、怒るな。大人気ない……」

　斉貴は大きく笑って、楓の方の怒りを笑い飛ばすように、

「女の身として、そのほうどもがおっては、話しにくい儀もあろう。そのほうどもは遠慮せい」

「それかと申して……」

「遠慮せぬか」

　鶴のひと声に、いまは余儀なく、憤然、楓の方は座を立った。

「恐れながら、殿さまに申し上げます。このお方だけはお残りくださいますよう。わたくしの物語をよく聞いていただきたく存じます」

　人々は、園絵の指さす方を見つめて、目をみはった。

　指さされたまだら猫お菊の顔色も、この世のものとも思えなかった。

9

上段の間にいまは松平斉貴一人、下段の間に園絵とお菊が、氷のような視線を交えて対座していた。

「さあ、園絵、もうこうなっては、そのほうも遠慮はするに及ぶまい。先日以来の不思議な邂逅、これも他生の縁であろう。ことばに任せて人払いの上は、そのほうの秘密も明かしてくれるであろう」

斉貴はぐっと膝を進めた。

「はい。恐れながら、おことばによりまして申し上げます。武家の娘に生まれた身といたしまして、孔孟《こうもう》の教えも少しは聞きかじりました。身体髪膚《はっぷ》父母に受く、これを損なわざるは孝のはじめということも耳にいたしておりまする」

「そのほう、なかなか耳に痛いことも申すのう」

斉貴は思わず苦笑を漏らしていた。

「わたくしも好んでこのような入れ墨を施したわけではございません。みずから好きで人交わりもならぬ身となりましたわけではございません。手ごめにされて、無理強いに、肌を汚されたのでございます」

「ほう。そのほうが手ごめにされた。相手はだれじゃ」

「このお方に……」

唖然としてお菊と園絵の顔を見比べていた斉貴は、膝をゆすって笑いだした。

「何を申すか。冗談にもほどがあろう。はじめて会った女をとらえ、つまらぬ難題申すでないぞ」

「いや、はじめてではございませぬ」

園絵もいまは必死であった。

「このお方の奥仕えの名は存じませぬ。しかし、江戸で知られた名前ならば、たしかに存じております。まだら猫お菊とかいう女――大塩残党、篠原一角とか申します浪人と心をあわせて、地獄屏風の秘密を解こうと悪事をたくらみおります女、ご当家にご奉公に上がりましたのも、おそらくは、お家秘蔵の地獄屏風にねらいをつけてのことでもございましょう。殿、くれぐれも、ご用心のほど願わしゅう存じます」

「なにを！」

まだら猫お菊も血相を変えた。

「おまえ血迷ってしまったのかい。おまえの顔を見たのは、わたしもゆうべが最初。つまらぬ言いがかりをつけようものなら、わたしもただはおきませんよ。これがうちわの話なら内々に聞き捨てにもしておこうが、殿の御前でそのようなことを口走られては、わたしもただですまされません……そのほうは、ご家老さまのお話では、逆上して江戸の市中を歩いていたと申すでないか。

殿さまに恐れながら申し上げます。園絵どのには乱心かと存じます。このようなことばはお取り上げにならぬようお願い申し上げます」

「乱心ではござりませぬ。殿の御身にもかかわりますこと、なにとぞこの女の素姓について、いま一応のお取り調べを願わしゅう存じます」

「乱心にござります。お取り上げくださらぬよう願います」

二人の声は次第次第に高くなった。

10

思いがけないこのいさかいには、斉貴もあっけにとられたのか、しばらくはことばもかけずに、二人の顔にするどい視線を注いでいた。

「両人とも、静まるがよい。もうその話はよしにいたせ」

「はい……」

凛と響いたひと声に、思わず二人は平伏した。

「いずれのことばが正しいか、斉貴それは知る由もない。だが、それが真といたしたならば、容易ならざることではある。また、園絵のことばがいつわりならば、そのほうもただではすまされぬことなのだ……しかし、疑いをそのままにしておいてはすまされぬこと。明日、双方の吟味をいたすこととして、今夜のところは、二人とも、これ以上のことばは控えるがよい。もはや、斉貴、聞く耳持たぬぞ」

「はい……」

それ以上、園絵も追及できなかった。ただ悔しさがこみ上げて、知らず知らずに目からあふれた涙が袖をぬらしていた。

「園絵、いま一つ尋ねることがある」

「なんでござりましょう」

「そのほうの父親の名はなんと申す」

園絵はきりきりと唇をかみしめた。

「殿、それだけはお許しくださいませ。このような身になりましては、もはや父でもなく、娘でもござりませぬ。父も死んだものと思っておりましょう。わたくしも、もはやこの世に、父も母もなきものと思っておりまする……この上の恥辱はお与えくださいますな。そのかわり、園絵は命にかえましても殿のお役に立ちまする。心からご奉公をいたすつもりでございます」


斉貴はなんとも答えなかった。

だが、突然、狂ったように声を上げて、次の間に控えた小姓に呼びかけた。

「銀之丞《ぎんのじょう》、銀之丞！」

「はい、御前に」

さっと襖《ふすま》をあけて膝行《しっこう》してきた小姓を見て、

「地獄屏風をこれへと申せ」

「地獄屏風！」

お菊も園絵も、同時に思わず声を上げた。

「地獄屏風の半双を二面この手にそろえれば、天下は己の手に帰する。ああ、思えば、あとの半双はいずこに隠されていることか。園絵、そのほう覚えはないか」

「はい……」

「そのほうの背に描かれたその図柄、下図を屏風と比べてみれば、真偽のほども判然とする。いや、いま一つ、即座に解けるなぞもある……」

暗雲飛竜

1

出雲家の宝庫に深く秘められて、この物語の中に姿を現すこともなかった地獄屏風の半双が、ついに目に触れるときが来た。

園絵もお菊も無言であった。心中にあふれ、沸き立ってくる胸騒ぎを必死に抑えようとしていた。

「酌を……」

「はい」

震える手で、お菊は銚子を取り上げた。

「…………」

斉貴は、無言のままに、金泥の定紋入りの朱塗りの杯を取り上げたが、

「毒味をせい」

「えっ」

「毒味をせよと申すのじゃ。そのほうの酌をいたしたその手さばきに、どこか不審の点がある。よもや余に毒酒を盛ろうというごとき者が当家にあるはずはないが……一応、毒味をいたすがよい」

「かしこまりました。そのような大それたことなど、なんでいたす者がございましょう。では、ぶしつけながら、わたくしがお毒味役をつかまつります」

顔色ひとつ変えずに朱塗りの杯を唇のそばへ持っていったお菊は、息もつがずに、あふれんばかりの酒を飲み干した。

「このとおり、なんの変わりもございません。ご安心あそばしませ」

「うむ。では、酌を……」

三つ重ね、中の杯を取り上げた斉貴の手が、かたかたと異様な音を立てた。いや、彼の手の震えではない。彼のそばまでにじり寄ったお菊の銚子が震えたのだ。

「あっ」

園絵が顔色を変えたとき、お菊は全身を大きく波のように痙攣させた。ばたりと銚子を手から落とすと、唇の端からたらたらとどす黒い毒血を吐きながら、畳の上をのたうちまわった。

「殿さま！」

「園絵！」

斉貴自身も、おそらくは、この結果を予測していたわけではあるまい。ただ、虫の知らせとでもいおうか。心の底にひそんでいる動物的な本能が、杯の酒をひと目見たとき、彼にひそかな警告をささやいていたのであろうか。

突然、斉貴の額には、みみずのような青筋が浮かび上がった。

「たれかある！　たれぞある」

「御前に……」

上段の間、武者隠しの中から現れた小姓が一人、殿の御前にぬかずこうとして、とたんにさっと色を変えた。

「余に毒を盛ろうとした者があるぞ。不届き者めが。もしこの女に毒味をいたさせなかったなら、余の一命も危うきところ……内蔵を呼べ。内蔵之助これへ参れと申せ！」

「殿に毒酒を！」

横の襖《ふすま》がさっと開いて、顔色を変えて立っている楓の方が、お菊の無惨な最期の姿に、はっと中啓を口に当てた。

「楓か。この女の最期を見よ。よもや、この曲者《くせもの》は、この女を毒殺せんと思ったわけではあるまい。余が一命を救われたのは、ほんの偶然といわねばならぬ」

「だれがこのような……大それたまねなどいたしたのでございましょう。新参者のほかには、このお屋敷にはそのようなしれ者もありますまいに……」

楓は刃《やいば》のような視線を園絵の方に投げた。

2

顔色を変え、殿の安否を気づかうような憂いを面にあらわして、さっさっと袴《はかま》の裾《すそ》をさばきながら、江戸家老安藤内蔵之助は下段の間に走り込んできた。

「殿、ご無事でなにより……心からお喜び申し上げます」

彼は顔を畳にすりつけんばかりに斉貴の前に平伏した。

「内蔵、これを見い」

「はっ」

面を上げた内蔵之助は、膝行《しっこう》してお菊の死体に近寄ると、懐紙に女の頭をうけて、その死に顔をじっと見つめた。

「それでは、この女が殿のお身代わりに……」

「いかにも。この女に毒味を申しつけずば、余の一命もいまは地獄に迷っているであったろう。きっと詮議《せんぎ》を申しつけるぞ」

「はっ」


ふたたび畳に顔をすりつけた彼は、おそるおそる面を上げながら、

「はばかりながら、殿にお尋ねいたしまする」

「なにごとじゃ」

「この者に毒味をさせますまでに、杯はお干しになりましたか」

「いや、これがはじめての杯であった」

「それなれば、裏方、お毒味役の落ち度にもございますが、その方には別に変わりもなき様子……といたしますれば、案外のところに曲者《くせもの》はひそんでおるかもしれませぬ」

「と申すと……」

「殿にお酌をいたしたのは」

「さきに楓が酌をいたそうとしたのを受けなかった。この女が酌をいたしたのが最後であった」


内蔵之助は唇の端に剃刀《かみそり》のような笑いを浮かべながら、

「してみれば、お世継ぎお腹の楓の方さまがこのような大それた業をいたそうはずはなし、この女めがお酌のさいに、手の中で銚子の蓋をずらせながら、薬を投げ入れたのかもしれませぬ、こと破れたりと覚悟して、みずから毒酒をあおいだのかもしれませぬ」

「その証拠は」

「ごめん」

内蔵之助はぐっと片手をお菊の帯の間に差し込んだ、

「証拠はこれにござります」

その手のひらには、白い小さな紙包みが横たわっていた、

「恐れながら、この紙包みの中身と、酒の毒とを比べあわせれば、この女の仕業か否か、即座に判明いたしましょう」

斉貴は不思議な笑いを顔に浮かべて立ち上がった。その笑いこそ、この家老のことばに対する不信をまざまざと表していた。

「内蔵之助、そのほうは思いのほかの器量人、斉貴深く褒めとらす。この場に居合わせなかったそのほうが、女の懐中物の秘密までまたたくうちに見破るとは……名判官といわれる大岡越前ですら、そのほうを超えるものとは思えぬのう」

「そのおことばには……恐れ入ります」

「だが、これはこれにて終わる問題ではないぞ。余の屋敷の中に、たとえ一人なりともこのような下心を持つ人間がひそんでいたということは、内蔵、そのほうにも責任なしとは申せぬぞ」

3

内蔵之助は冷や汗にぬれた額を上げて、

「殿、まことに恐れ多きそのおことば。もとより、不肖なれども、殿に代わって江戸表の差配をいたす内蔵之助、殿のおことばがございませぬとも、十分にその責めは負う覚悟でございます。お許しを……」

彼はがばと裃《かみしも》をはね、衣服の前をくつろげて、腰の脇差を引き抜いた。

「ご家老さま」

「早まられますな！」

楓の方をはじめとして、部屋に居並ぶ小姓女中の人々は、あわてて彼に飛びついて、その手を押し止めようとした、

「放せ、放せ、拙者がここで切腹せずば、殿への申しわけが立ちはせぬ。この責めは拙者が一身に負って……」

人々は哀願の色を浮かべて斉貴を仰いだ。鶴のひと声、殿の命令が下りさえすれば、内蔵之助も心を翻すと思ったのだ。

だが、斉貴は笑っている。決して無情な彼ではないが、いま口もとに浮かべているのはあざけるような薄笑い。

「あっぱれなそのほうの覚悟じゃのう。いや、真の武士たる者は、そうなくてはかなわぬこと。立派に切腹いたすがよい。斉貴、これにて見分いたす」

満座にはじーんと冷たい戦慄が流れた。綸言汗《りんげん》のごとしという。殿の一言が絶対の権限を持つ武家社会、このことばこそ、死をたもうという絶対命令にも等しかった。

内蔵之助の顔色もさっと変わっていた。彼は相手をみくびりすぎたのだ。老獪無比《ろうかいむひ》の彼にして、敵の心理を誤算したのだ。

「殿さま、お願いにござります」

血相かえた楓の方は、斉貴の足もとに身を投げた。

「楓、なにごとか」

「ご家老さまのご切腹の儀、お待ちなされてくださいませ。もとより、今の毒酒の計は憎みてもあまりあることにはございますが、ご家老さまには罪なきこと。このようなことにて切腹を仰せつけては、ご公儀への聞こえもいかがでございましょう。お家によけいなおとがめがかかりましては、これこそ一大事でございます。それにまた、ご家老さまがただいまお腹を召されましては、この曲者の詮議もおろそかになる道理……いましばらくは、はばかりながら、この楓にこの場をお預けくださいませ」

斉貴の顔には複雑な表情が浮かんでいた。

「楓、そのほうが内蔵の命乞いをいたすのか……よもやそのようなことはあるまいと思っていたが……」

「殿、それはどういうわけでございますか」

「いや、気にするには及ばぬこと。よし、そのほうにしばらく預けとらせよう。内蔵、そのほうは果報者じゃぞ」

「恐れ入ります」

「この上は、きっと吟味を申しつけるぞ。ふたたびこのようなことがあっては、斉貴、容赦は相成らんぞ」

斉貴の目と内蔵の目は、空中にすさまじい火花を散らしてにらみあった。

4

深川の船宿、香月の奥座敷では、夕刻から、早乙女主計が杯を傾けていた。

朱桜の文吉のことばどおりに彼の帰りを待っていたのだが、相手はなかなか現れない。

女将《おかみ》のことばでは、御殿女中らしい女と白紋付きの浪人とを乗せて船をこぎ出したとの話であるが、船が帰ってきていないのだ。

篠原一角——浪人の方は、たちまち主計も直感した。相手の女もおそらくはまだら猫お菊にちがいあるまい。

それにしても、水際だってあざやかな遠山左衛門尉の活躍よと、主計も思わず舌を巻いた。船頭に姿を変えて、船をこぎ出したのについては、女将も相当の鼻薬はきいていたらしい。だが、女将も、そのことはもちろん、彼の正体のことについても、一言も主計に漏らさなかった。

約束の時刻はだいぶ過ぎているが、船の帰ってくる様子はない。主計の心に、なんとなく不思議な暗影が漂い始めたとき——

「早乙女の旦那、お待ちどおさま」

さらりと廊下の襖が開いて、朱桜の文吉が入ってきた。

「ずいぶんお待ちになりましたか」

「いや、それほどのこともないが……」

「実は……」

と、あたりにするどく目をくばりながら、近づいてきた文吉は、

「船の上で、あの浪人、篠原一角に斬りつけられてのう。陸《おか》の上なら、あれしきの敵の一人や二人とって押さえるには造作もないが、なににせよ足場も悪い船の上、危うく隅田の川に逃れて……いや、とんだぬれ場の一幕であった」

「それはそれは……して、お怪我はどこもございませんか」

「いや、幸いに手傷は負わぬが、今度の彼らの密談を聞き漏らしたが残念であった」

「一角とお菊がこのようなところから船をこぎ出しての密談とは……いったい何でございましょう」

「それはわからぬ。ただ、聞かずともおよその見当はついている。まず第一が、出雲家秘蔵の地獄屏風……」

「第二は……」

「第二は、松平斉貴公のお命を縮めまいらせようとするか。だが、これは、直接彼らの目当てではない。金に走って後先知らず、毒を食らわばという気持ちにもなったかしれぬが、まずそのようなことは考えられもすまい」

「なるほど、さようでございましょうな。それでは、今夜の拙者の目的は……」

「それは……」

と文吉がいいかけたときだった。廊下を強く踏み鳴らす足音が近づいてきたかと思うと、

「ごめん。役儀によって、この部屋をあらため申す」

するどい男のひと声とともにさらりと開いた襖の陰に立っていたのは、剃刀同心曾根俊之輔にほかならなかった。

5

曾根俊之輔の白皙《はくせき》の顔の上には、意外とでもいいたいような色が浮かんだ。

しばらくは無言のままに、二人の顔を見比べていた彼は、何か大きくうなずくと、ぴたりと畳の上に座って、

「殿、これにおいでてでございましたか。早乙女どののもちょうどよいところに……実は、お富どのの儀につきまして」

「お富どのが！」

「お富がどうしたと申すのだ！」

二人も思わず顔色を変えた。

「実は、さきほどの殿のご命令によりましてお富の住まいにまかり越しましたが、留守の者のことばによりますと、お富はさきほど浜野と二人、駕籠《かご》を連ねてこの船宿へ参ったそうでございます」

「なに、お富どのが！」

「浜野と二人で！」

二人は互いに顔を見合わせた。

「まさか、浜野が、あの女が、敵に内通するわけはない。とすれば、駕籠に何かのたくらみがあったか、途中で無理に連れ去られたか」

朱桜の文吉もかすかにうめいた。

「駕籠は日ごろ行きつけの駕籠屋ではないそうでございます。あまり急いでおりましたので、そのあたりにおります辻駕籠を雇ってまいりましたそうで……」

「さては、その駕籠に鳥居が手をまわしたか！」

「それはこれより拙者が探りを入れましょう。いましばらくのご猶予を……それはともかく、殿にはいつお帰りでございます」

「まもなく立ち帰ることにいたそう」

「それにつけても、殿に一言、拙者よりお願いがございます」

「なにごとじゃ」

「恐れ多くも、殿にはいま江戸北町奉行の要職におられます、以前の旗本の部屋住まいの御身とはおのずから立場も異なること。

下賤の者に姿を変えて市井の様子を探られますのももとより大切にはございますが、近ごろ江戸を騒がせおりますまぼろし小僧の面体もお奉行さまに似ておるとか、奇怪なうわさも飛んでおります。

万一、南の手の者に怪しまれるようなことがありましては、ご身分柄にもかかわること。鳥居めの目は執拗に、陰に陽にと、殿の身に集まっております。

北町奉行遠山左衛門尉を斬るわけにはいかぬが、一介の町人、朱桜の文吉の命をとるにはなんの造作もないと、鳥居どのも公言されたとかのこと。

少なくともこの事件落着の日までは、一段のご用心あってしかるべきかと存じます」

文吉の顔は、主計すら不思議に思わずにはおられなかったほど、緊張の色にあふれていた。たしかに、俊之輔のことばの中に、その胸を鋭く突いてくるような急所の一撃があったのだ。

「まぼろし小僧がそれがしに似ている……いや、これは初耳、とんだうわさが飛びおるのう」

緊張をはぐらかすように文吉は高笑いしたが、俊之輔は眉毛一本も動かさず、

「それはただのうわさでございません。現に、拙者も遠目ながらまぼろし小僧の姿を見て、驚いたこともございます」

「では、そのほうはなぜその時に彼を捕らえなかったのだ。役儀の手前、不届きであろう」

「手落ちは承知でございました。ただ、この事件の落着まで、彼を放しておきます方が、かえって天下のためと存じました」

「なに、天下のため――?」

「さようでございます。もうこうなりましては、まぼろし小僧の一人二人、物の数でもございません。捕らえよとのおおせならば、今夜にても捕縄かけるまでのこと。しかし、その場合に、声をあげて喜ぶのは鳥居一味でございましょう」

6

その後まもなく、曾根俊之輔はていねいに二人にいとまを告げて座を立った。

「のう、主計。この世には奇妙なこともあるものだな。天下の怪盗、まぼろし小僧が、江戸町奉行に似ているとは……それがしもうかつに町は歩けぬわ」

朱桜の文吉はなんの屈託もなく笑っていた。

「それはまことでございましょうか」

「俊之輔ともあろう者が、まんざら根もない道聴塗説に耳を傾けるはずはない……しかし、彼のことばにも一理はある。

まぼろし小僧をいま捕らえるのは、決して天下のためにはならぬ。彼こそは、毒を制するための毒、悪を滅ぼすためのやむをえぬ悪なのだ。鳥居一味の倒れる日こそ、まぼろし小僧がこの世から姿を消し去るときであろう」

文吉のことばには、どことなく悲痛な響きがこもっていた。


二人はやがて肩を並べて船宿、香月をあとにした。

お富の安否は、その生死は。

主計にもそれは気がかりでならなかった。だが、朱桜の文吉の自信ありげな顔を見ているうちに、そのことばを口から吐くことさえ躊躇されたのだ。

文吉は通りで駕籠を呼び止めた。そして、なにか小声で駕籠かきの耳にささやくと、主計をうながしてすだれを垂れた。

「うむ……」

その時、やみの中から姿を現したのは、北町奉行所に立ち帰ったはずの同心曾根俊之輔だった。

腕を組み、すべてを見すかすような視線で、やみの中に消え去っていく駕籠の影を見送っていた彼の前に、かたわらの小路の中から一丁の駕籠が担ぎ出されてきた。

「旦那さま」

そのわきに付き添っていた中間のことばにうなずいた俊之輔は、

「あの二丁の駕籠の跡を追え！　気づかれぬよう、見とがめられぬよう、油断があっては相成らんぞ」

と、一言するどく言い捨てて、駕籠のすだれをばらりとおろした。

彼は、なぜ、いましがた別れたばかりの文吉と、主計の跡を追おうとしているのだろう。

あまりにもたび重なる奉行遠山左衛門尉の冒険を見るに見かねて、身をもって護衛にあたろうと決心したのか。

それともまた、彼は心になにかしら秘密の目的をいだいて、二人を追おうとしたのか。

それはいずれわかることだろう。

文吉と主計は一度、上野で駕籠を捨てていた。それから一度、乗り継いで、駕籠かきにさえ行方をくらますようにしながら、あの護国寺の前にある粕谷小四郎の連れ込まれた家の中にのまれていった。

だが、俊之輔の駕籠もまた執拗に、この門前まで二人を追っていたのである。

7

「先夜はご苦労であった。実は、粕谷小四郎の身は、この家にしばらく隠してある。そのほうをここまで連れてまいったのは、そのほうと彼との仲をとりもとうと思ってのことであるが……」

この家の奥まった一室で、朱桜の文吉はおもむろに口を開いた。

「失礼ながら、お奉行さまには彼の胸中をご存じでございますか」

聞き捨てならぬというように、主計は相手の顔を見つめた。

「一応は察しておるつもりだが……」

「それがしの私怨は別にござります。水に流せとのおことばならば、これまでのことはさらりと忘れもいたしましょう。しかし、ああして鳥居の命を受けまして犬馬の労をとっております彼とこのまま和解せよとは、ちとうなずけぬ儀にございますが……」

「それが不思議な話なのだ……彼はいかにも鳥居の手先とは思われる節の行為を働いている。しかし、一方、後藤三右衛門を親の仇とねらっておることは疑いもない事実。敵と思えば敵でなし、味方と思えば味方でもない。暗夜に雲間を飛びかっている竜のように、その心は依然として知れぬのだ」


「それでは、彼が青竜鬼——？」

主計は気がかりでたまらなかった質問を投げ出した。

「いかにも、御身の推察どおり、彼が青竜鬼にちがいはない」

「その名はどこから出たのでございましょう」

「奥秩父、大畑村という山村に、世を忍び、名前を秘めて隠れている、小野派一刀流の達人、柴田鉄斎《しばたてつさい》の子飼いの弟子。

ただ、その人物が師匠の眼鏡にかなわぬために、いまは破門の身となって、それからその付近の地獄谷に庵《いおり》をむすび、若くして一刀流の一派をひらいた剣客なのだ。

その後、長崎に赴いて、禁をおかして異人の口から邪法を学んだともいわれているが……この男の持つ大望は、容易なものとは思われない」

「それで、なぜ彼はみずからこの事件に身を投じたのでございましょう」

「あの死人の銭をその手に握っているからには、いずれはこうなる運命ではあったろう。しかし、彼がみずからの持つ秘密を包んで鳥居方に加わったことには深い子細もあろう。

ただ、彼は静かに時を待っていたのだ、冷たい打算の上に動いて。その目的のために、必要とあらばいかなる相手も敵にまわし、いかなる相手も味方につける……この深慮遠謀は、そのほうも少しは見習うがよろしかろう」

「恐れ入ります」

主計も苦笑して頭をたれた。

「とにかく、彼の体も回復した様子。ことに、今度の毒酒の計には彼も鳥居の陰謀に胸中ただならぬものがあるよう……とにもかくにも、彼を招いてじっくりと膝《ひざ》を交えて話したならば、疑惑も氷解いたすであろう」

その時、廊下にばらばらと人の足音がしたかと思うと、がらりと襖をあけて飛び込んできたやくざ風の男が、

「親分、た、た、たいへんだ！」

「ふざけるねえ。お客さまの前ではないか。ちったあ場所柄をわきまえろ！」

するどい文吉の一喝に震え上がったこの男は、

「と、と、殿さま、あの若侍が逃げました。いつの間に逃げ出したのか、床はもぬけの殻でした」

8

「うむ、それでは、粕谷小四郎は毒酒の計に倒れたと申すのだな」

八兵衛を前に、鳥居甲斐は浅黒い顔ににったりと笑いを浮かべて尋ねた。

「はい、たしかに息の根はとめました。これで殿さまにもさだめてご安心でございましょう」

「いやさ、それがしの方は大したこともないが、これで後藤どのも枕を高く眠れるであろう。あのような二心を持つ危険な男は、このへんで片づけておくが身のためだ」

「さようでございます。それにつけても、死人の銭はまだその行方も知れませんが」

八兵衛はなにくわぬ顔で尋ねた。

「知れぬ。これだけ力を尽くしても、まだその手がかりもつかめぬのだ」

「それが、最近、お富の手に入りましたとか、たしかな筋より聞き出しましたが……」

「死人の銭が、お富の手に！」

さすがの鳥居も膝を進めて、

「それはならぬ！　あの女が死人の銭を手に入れては、竜が雲を得たのと同じ……一度、虚空に舞い上がっては、もうこの方の手にも負えぬぞ」

「そのようなことはいたしませぬ」

八兵衛はにたりにたりと笑いながら、

「お富の乳母にあたります浜野と申す女を、このほど取り押さえました。ほかのことでは男まさりといわれるお富も、情にもろいのがなによりの弱さ。この女を押さえております間だけは、お富も翼をもがれた子すずめ同然」

「でかした！　そのほう、えらいところに目をつけたのう」

「いや、これしきのことはなんでもございません。一応、殿や後藤さまから、この女を糾明あそばしてはいかがでございます」

「よろしかろう。だが、まさか、町奉行所の役宅に、その女を連れてくるわけにもまいるまいが……」

思案にふけった鳥居にむかって、

「それでは、後藤さまといっしょにお忍びでおいでになってはいかがでございます」

「うむ。そういたそう。時刻はいつ」

「明日六ツ刻《どき》（六時）」

「場所は」

「本所黒住町の料理屋、かしわと申す家に、お忍びでおいでくださいまし。そこからご案内いたします」

「よかろう。そのほうのいつもながらの骨折りは、甲斐も深く心に刻みおく。忘れはせぬぞ」

「はい……」

八兵衛は、心の中の動揺を強いておし隠して、頭を下げた。

狐と狸の化かしあい――こういうものの、鳥居甲斐も内心に何を考えているかわからなかった。まして、八兵衛の方は、天下の南町奉行とときめく金座頭取を向こうにまわしていちかばちかの大博奕《おおばくち》、命をかけた一六勝負をしようというのである。

これまでにも何度と数えきれないくらい体を張った勝負を繰り返した彼ではあったが、さすがにこの時だけは、膝の下から背筋までびっしょり冷や汗にぬれていた。

「それでは、八兵衛、頼みおくぞ」

甲斐は静かに座を立った。

9

あの農家の奥座敷にひそかに組まれていた座敷牢の一つに、お富が座っていた。また
しても陥った敵の陥穽《かんせい》から、どのようにして逃れ出るか――お富は思案に迷っていた。
あのような時の成り行きから、突拍子もない難題をふっかけてはみたものの、相手が
それを履行するなど思いもよらぬことであった。
だが、浜野はどうしているのだろう。ここへ連れられてくる途中で見たが、この牢は
たしかに二つ並んでいた。
いずれは、この隣にでも入れられているのだろう。
そう思って板壁ににじり寄ったお富は、ことことと拳で壁をたたいてみた。
答えはない。なんの物音も返ってこない。
それでは、ほかの場所なのか。こう思って、お富はふたたびもとの位置に返ると、
じっとやみ夜の猫のようにうずくまった。
だが、その考えは間違っていた。たしかに、隣の牢の中には浜野が座っていたのだっ

た。

だが、その顔はいつもとはまったく様子が違っていた。枯れ木のようにやせ衰えた体は、まるで重さがないかと思われるほど……そのままそこに端座して、呼吸さえしていないかと思われるくらいに、なんの動きも見せぬ。

怪奇な影が、不気味な妖気が、能面の翁《おきな》のように皺の深い顔から発散されていた。目だけが光る。二つの目が、肉食獣のように、怪奇な光を放っている。

「ばばあめ……いったい、生きているのか、死んだのか」

おそらく見張りの一人であろう。弓張り提燈《ぢようちん》を掲げて現れた男が、じっと格子の中をのぞき込んだ。

「あう――」

男はひと声ひくくうめいた。と思うと、とたんに、ぶるぶると震えだした。

この男は何を見たのだろう。何に恐れをなしたのだろう。

牢の中では、妖女浜野が、片膝立てて座っていた。そして、招き猫のように、右の手をあげて、男を二、三度まねいたのだ。

なんとなく妖気ただよう姿である。やみにうごめく陰獣の姿にも似た恐ろしさ。だが、この男は逃げだそうともしなかった。ただ、わなわなとおののきながら、吸い込まれるように格子の中に視線を投げているのだった。

突然、男はばたりと倒れた。浜野は、今度は片手を上げて、二、三度あおるような動きを見せた。

倒れた男は、よろよろとよろめきながら立ち上がった。くっくっくっと、浜野の歯のない口の中から、かすかな笑いが飛び出した。

眠りの術――今日でいう催眠術の一種である。

弓張り提燈をかざしたまま、この男は、蹌踉《そうろう》と、前後も知らぬ足どりで、部屋から外へ歩きだした。

くっくっくっと、不気味な浜野の含み笑いが、その男の跡を追いかけるように響いていた。

10

その沈黙はまもなく破れた。じゃらじゃらと鍵の触れ合う音を立てながら、男が帰ってきたのである。

おそらくは、自分の意識を失って、一種の操り人形のように、浜野の意のまま、心のままに動かされていたのであろう。

震える手で、男は格子の錠に大きな鍵を突っ込んだ。そして、がちゃんと高く音をたてて、その錠前を押し開けた。

息をのみ、背を丸くして身構えていたこの女は、その瞬間、転がるように、戸口から外へ飛び出した。そして、まだよろよろとよろめいている男の背中を突き飛ばし、自分の今まで閉じ込められていた牢の中へ押しやると、がちゃりと錠をおろしてしまった。

わずか一瞬の出来事だった。だが、今となっては完全に、主客ところをかえたのだ。

「お嬢さま！　お嬢さま！」

隣の牢に走り寄った浜野はひくくささやいた。

「浜野、どうしてそこへ！」

「訳は後から申し上げます。とにかく、ここから一刻も早く……」

がたがたと震えながら、浜野はその牢の錠前を開けた。ぱっと飛び出してきたお富は、目に涙を浮かべながら、浜野の手を取った。

「浜野、よくしてくれた……よく助け出しておくれだった」

「いいえ、このぐらいのことはなんでもございません。でも、お嬢さま、ここでぐずぐずしておりましては、せっかくの苦心も水のあわでございます。早くここから逃げませんでは、ここはまだ敵の真ん中でございます」

「ほんとうに……」

お富もあたりを見まわした。座敷牢から脱出したというだけでは、まだ完全に自由の身とはいえないのだ。

杉戸の向こうからは、ちらりと細く透き間漏る黄色い光。ひそかな人の話し声。

「お嬢さま、脇差を」

いつの間に抜き取っていたのか、浜野は男の腰にしていた脇差をお富の手に渡してやった。

「これさえあればなんとかなるよ」

「お嬢さま、今度こそ、このばばあめのことなどかまわずにおいてくださいませ。お嬢さまに代わって命が捨てられましたら、わたくしも本望でございます」

「何をお言いだい。そんなに弱気を起こしちゃだめじゃないの。おまえのおかげで、こうして今度も助けられた……生きるも二人……死ぬのも二人……こうなったら、地獄の底までもいっしょに……」

「もったいないことをおっしゃいますな。お嬢さまは大望ある身、今度こそ一人でお逃げくださいませ」


「しっ」

お富はきらりと脇差の刃《やいば》をやみにきらめかせた。杉戸の向こうから漏れてくるあたりかまわぬ高声が耳を打ったのだ。

「やっこさん、えらい帰りが遅いじゃねえか」

「うん、さっき鍵を持ってったところを見ると、あの女をよろしく丸めこんだんだろう」

「お安かねえな。こちとらはそれを指をくわえて見物たあ、いくらなんでも殺生だぜ」

「しっ、お頭の耳にそんなことが入ってみろ……それこそ、これをばっさりだぜ」

「ちげえねえ」

どっと笑う声がいったん静まったかと思うと、

「どれ、見に行ってやろうじゃねえか」

濁った調子の男の声が、板戸の向こうから響いた。

明暗秘謀

1

一難去ってまた一難とは、こういう場合をさすのであろう。

浜野のほどこした眠りの術にようやく窮地を逃れたものの、またしても眼前に襲いかからんとする敵の魔手。

腕には一応の自信もあった。自分一人だけならば、敵の油断に乗じて、囲みを斬り破ることもそれほど困難ではなかったが……。

しかし、足手まといの老婆、浜野を連れながら重囲を脱するというのでは、それも万に一つの放れ業ともいわねばならぬ。

弓矢八幡大菩薩、お富の悲願をあわれみたまえ。この場に照覧、お富に一臂《いっぴ》の力を貸したまえ。

お富は、心に念じながら、さっと脇差の鞘をはらった。

するすると、目の前の板戸がしずかに開いていく。黄色い光が漏れてくる。

「大助……大の字……」

「どうしたんだ。まさか寝ちまったんじゃあるめえな」

一瞬後、ひそかなささやきは、血を吐くような叫びと変わった。

きゃーっと叫ぶ男の悲鳴を後にして、提燈を握りしめた腕だけがそのまま後に飛んでいくのを目にしながら、倒れる男を突き飛ばして、お富は板戸の透きから外へ飛び出した。

「ばあや！」

「お嬢さま！」

お富を囲んだ三人は、さすがに体に油断があった。ちゃりんちゃりんと火花を散らして二、三合斬り合った後に、お富は倒れた男の体を踏み越えて、廊下を奥へ突っ走った。

「それ、逃がすな！」

「みなの者！　起きろッ！　出会えッ！」

おっとり刀で現れてくる助太刀の浪人たちがだだだと廊下を追ったとき、雨戸は一枚けたおされて、お富の姿は見えなかった。

「どうした！　どうした！」

「庭だ！　外だ！」

がやがやと口々にののしりあっている人々の姿の向こうに、大刀さげた寝巻き姿の黒島八兵衛の顔が見える。

彼は、いま、悪鬼のようにたけり狂っていたのだった。ちらちら動く燭台の灯に照らし出された赤銅色のその顔は、この世のものとも思えなかった。

「追え！　跡を追え！　何をぐずぐずしていやがる！」

なんとなくたたずんでいた浪人たちも、はっと気を取り直したように、一人一人と、雨戸から、表口から、裏口から、やみに隠れたお富を追って、大刀片手に飛び出していった。

「まだ遠くへは逃げてはいまい。生けどるんだぞ。殺したり、怪我をさしたりしちゃならねえぞ……」

八兵衛は、雨戸の透きから身を乗り出して、眼前に乱れ飛ぶ提燈の灯を見つめていた。

2

一刻《いっとき》（二時間）ほど後、お富を探しあぐねた浪人たちは、手をこまねいて帰ってきた。

どんな怒号が八兵衛の口から飛び出すかと、一同は生きた心地もなかったが、そこはさすがに悪人ながらも首領と立てられる男のこと、やぼな小言はいわなかった。

「まあ、逃げちまった者はしかたがねえやな。あのばばあだけでもこちらの手に押さえておけば、いずれはお富ももう一度網にかかってくるてえことよ。なに、死人の銭せえ押さえておけば、まだまだ折はいくらでもあらあ。こんな戦は、あせったら負けよ」

ほっと一息ついた一同の耳に、叱咤するような八兵衛の次のことばが降りかかった。

「だが、みんな、もうここに長居はできねえぜ。お富のやつめ、ここを逃げ出してしまったからには、きっと遠山の野郎と腹を合わせて、手を入れてくるのはきまっているこった……長居は無用、引き揚げの準備にかかるがいい。どうせ、おれも江戸にはもう用のねえ体なんだ……」

両手を組んで、八兵衛は南の海の潮風をなつかしむように口を上げた。

「親分、荷物は……」

「大抵のものなら捨てていけ。荷物などより体が大事だ……大助は」

「片腕を斬り落とされて、うんうんうなっておりまさあ」

「かわいそうに。お富め、覚えていやがるがよい。いったん口を割らせた上は……」

悔しそうに、八兵衛はばりばりばりと歯がみをした。

「腹ごしらえだけはしておけ。二手に分かれて、今度の行く先は……」

「ばばあは縛って駕籠へ乗せて」

「大助の傷の手当はもうすんだか」

怒号の乱れ飛ぶうちに時は早くも過ぎて、一番鶏の声も聞こえるころとなった。

「それ、みんな」

黒島八兵衛の命令一下、この隠れ家を捨てた凶賊の一団は、さながら百鬼夜行のように、二丁の駕籠を中に囲んで、田んぼの中の細道を去っていった。

人けもなく、取り残された廃屋の中、消し忘れられたともしびの芯が、まだかすかにじーんと煙っている。

するすると、奥の一間の押入の襖が静かに開いていった。

「逃げたらしいね。家の中をよく調べもしないで、とんだあわて者……幸い、浜野の身にも別条はないようだし、死人の銭もあいつの手にあることはわかったし……」

脇差片手にほほえんだのは、ほかならぬ人魚のお富にちがいなかった。

さては、外に逃げると見せかけて、とっさの間にこちらへ逃れ、いざという時を待っていたのだろうか。

「とにかく、跡をつけようか。それとも、一度ひっ返そうか……ええ、どうしようか」

男まさりといわれるお富も、その思案には迷ったとみえる。いつしかその手は帯のあたりに……。

「ええ、丁ならつける、半なら帰る」

ころころと、お富の手から小さな骰子が畳の上にこぼれていった。

「丁……まだ遠くへは行っちゃあいまい」

追う者と追われる者と所を変えて、お富はいま、唇をかみしめながら、やみに小さく消えていく提燈の灯を数えていた。

3

「なんと。そのほうが大番頭近藤京之進の娘と申すのか」

その翌日、江戸下屋敷の一室に、余人を遠ざけて、園絵の素姓を語るのを聞いた松平斉貴は、さすがにその目をみはっていた。

「さようでございます。殿さまにもご信用くださいますかどうかは存じませんが、ただいま申し上げましたことに間違いございません」

園絵はひくく頭を垂れた。

「なるほどのう。地獄屏風の争奪の渦中に巻き込まれたのがそのほうの不運であったか。金座後藤家の大疑獄も、とんだ波紋を巻き起こしたの……」

しばらく瞑目《めいもく》していた斉貴は、

「そのほうの両親は、さだめてそのほうの身を気づかっておるであろう。当家より使いの者をさし向けようか」

と、ことばやさしく尋ねた。

「いえいえ、その儀はご無用に……このような身になりまして、どうしておめおめ親兄弟にも顔が合わせられましょう。小さなものならともかくも、これだけ彫られた入れ墨を、焼き鉄で焼き消すわけにもまいりますまい。しょせん見とがめられましてふたたび家を追われますくらいなら、はじめより顔を合わせません方が親孝行かとも存じます。ご奉公に上がりますときから、生まれかわった体よと、覚悟は決めておりました……地獄屏風をめぐっての争いのすみますその日まで、陰ながらも殿さまの御身をお守りいたしますのが、遠山さまから命じられましたわたくしの使命……それさえ果たしましたなら、いつ死にましても惜しくない園絵の体でございます。なにとぞ、それまでこのままに……」


斉貴は、すべてを見通すような鋭い目で、園絵の両眼を見つめていた。

「そのほう恋をいたしおるな」

「えっ」

「偽らず申せよ。いかに肌を汚されたとて、ただの女性にそれだけの覚悟の決まるわけはない。まして、そのほうと当家とはなんのゆかりもない間……そのほうは、恋のため、地獄屏風の争奪に、この争いのただなかにみずからその身を投じたのであろう」

ずばと図星を射抜かれて、園絵は消え入りたいまでの思いだった。顔も赤らみ、身をよじらせて、身も世もあらぬ思いであった。

「恐れ……入ります……」

「して、その相手は何者。この事件の中にひそんでいるそのほうが、それまで思いをこがす相手は……曾根俊之輔か。よもや遠山左衛門尉では……」

「いいえ」

「それでは、早乙女主計かのう」

答えもせずにうつぶしたままの園絵の首すじが、みるみるうちに赤らんでいくのを見つめた斉貴は、寂しげな微笑を口に浮かべながら、

「早乙女主計……そのほうの相手としては申し分ない武士ではあるが……」

「あの、殿さまにも主計さまをご存じでいらっしゃいますか」

園絵は頭を上げて、斉貫の表情をうかがった。

「存じおる。袖すりあうも他生の縁——いや、主計には、それがし、はからずも命を救われた恩義もある……」

4

「殿さま、それはいつのことだったのでございましょう」

園絵はすっと膝を進めた。

「そのほうを隅田の川から救い上げたあの二、三日前の夜だったか……主計もまた地獄屏風を所望していた。くしくも、金座後藤の子孫、人魚のお富と名のる女性のために……」

はっとして顔をそむけた園絵の目から、幾滴かの悔し涙が頬を伝わった。

「主計の手引きで、それがしはお富と、隅田の流れの上で、密議に時を忘れていた。そのほうを助けてとらせたのはその時のこと」

「それで殿さま、お富さまと、どのようなご相談をなさったのでございましょう」

「女はしょせん女であった。当家所蔵の地獄屏風と交換に、黄金百万貫の処分をそれがしに任せよとのことばにも、お富は従おうとしなかった」

「なんと……仰せられます」

園絵もさすがに固唾をのんだ。斉貴のことばは、園絵にとってさえ無法と思われたのである。

「ただ一人の兄に相談せぬうちは——黄金の処分はできませぬ。兄を世に出し、金座後藤の正統を立て、鳥居と後藤三右衛門を葬って、祖父の恨みを晴らさぬうちは、と申しておったが……女らしい考えといわねばならぬ」

「でも……お殿さまにはその百万貫の黄金を何にお使いでございます」

「幕府に反旗を翻す」

「なんと……仰せられます！」

園絵は飛び上がらんばかりであった。

「いうまいぞ。園絵、このことは余人に他言相成らんぞ。そのほうを信ずればこそ、それがしも自分の秘密を打ち明けたのだ」

「はい、誓って」

「徳川の流れをくんだそれがしが倒幕の志を抱くということは、乱心といわれてもしかたあるまい。しかし、栄枯盛衰の運命はいかなるものにも避けがたいこと……三百年の泰平を誇った徳川幕府にも、いま崩壊のきざしが見えた。新しきものに所を譲るべき時が来た」

「と申されましても……」

「徳川家にも、水戸家はじめ、勤王の志厚き家がある。尊王の志は、沸々と、それがしの心中にもみなぎっている——だが、それがしの志は、決してそこにあるのではない。幕府の定めた鎖国の掟——それにそれがしはあきたらぬ」

「鎖国がなんでそれほどいけませんのでございましょう」

「大樹公、家康さまの時代ならそれもよかった——鎖国は日本を海外から守り通すのに役立った。だが、たまり水には自然濁りも来る道理。腐りもしよう。ぼうふらもわく。この三百年の間に海外の情勢は急転した」

よく理解できないながら、園絵は斉貴のことばに潜む烈々火のごとき情熱に、心もしびれる思いがした。

「北にはオロシャ、西にはエゲレス、東にメリケン、オランダのみが異国ではない。いや、この三百年のあいだに、オランダの勢力は地に落ちた。そのかわりに興った三国が、いまわが国をひとのみにしようとかかれば、それはいとやすきことなのだ」

「でも、わが国は昔から、八百万《やおよろず》の神々に……」

「神風はめったに繰り返して吹きはせぬぞ」

5

皮肉な笑いを浮かべながら、斉貴はことばを続けた。

「わが日の本があさき眠りにふけっている間に、世界は変わった。風の力によらずして、大海原を縦横に走りまわる蒸汽船とかいう船もできたと申す。火砲の力も恐ろしいまでに大きくなったとかいうこと。その蒸汽船に火砲をのせてわが国へ攻め入ったならいかがする。いかに先祖伝来の大身の槍を繰り出そうと、三尺の業物で斬りつけようと、届きはせぬ。手をむなしゅうして敵の砲火に身をさらすよりしかたはない」

園絵の全身には、針を刺されるような戦慄がはい上がった。

「それでは、どうしろとおおせられます。いまの幕府のやり方では……」

「ならぬ。国を開くべき時なのだ。新しい文明に目を開いてよみがえるべき時なのだ」

「外国人をこの日の本の土の上に……」

「異国人といえども同じ人間だ。猛獣毒蛇のように恐れおののくべきではない。いずれは意志も通ずるであろう。一時の混乱、摩擦など、国家百年の大計より見れば憂うるにもあたらぬこと——三百年の遅れをば三十年で取り返し、富国強兵の実をあげる。われらの行くべき道はこれしかないのだぞ」

「はい……」

深いわけは理解もできないが、園絵は、斉貴の気迫と高い識見に、みずからの身の存在をすら忘れた。

「女の身としてくわしいことはわかりませぬが、ごりっぱな考えかと存じます。でも、殿さまのようなご身分のお方なら、幕府を倒しませんでも……」

「廟堂《びょうどう》に立って、みずからの経綸《けいりん》を実行に移せばよいと申すのか。それが行われる幕府なら、余もこれほど苦しまずにもすむのだが……」

　園絵は返すことばを知らなかった。

「幕府の諸制度——それは、その創成の当時には、おのずから意義も持っていた。それ相応の役目を果たしておったのだ。だが、どんなすぐれた制度にも生命がある。限りがある。人間とても同じこと、成長するにしたがって、古い衣は脱ぎ捨てていかねばならぬ。もはや寿命の終わったものを、三百年後の今日にあてはめようと、あちらのほころびを繕い、こちらの破れにつぎをあて——因循姑息《いんじゅんこそく》な小手先細工に、時をむなしゅうする間に、もはや病根は癒《いや》し難いまでに達した。全治の望みは絶えてしまった……」

「………」

「対外国の問題にしても、幕府には確固たる定見がない。ただはれものに触るよう、知らぬ存ぜぬ事なかれと、その日その日を送るだけ。古語にいう耳を覆って鈴を盗むとは、かかる態度をいうのであろう」

　みずからのことばに興奮したように、斉貴のことばはさらに高くなった。

「そのほうごとき女性の身に、いや、つまらぬくりごとと聞こえたかもしれぬ——ただ、余はそのほうの目を信ずる。その真心を信ずるのだ。あと十年、十年を過ごしたならば、そのほうも今の余のことばに思い当たるであろう」

なぜかは知らぬが、この日、斉貴は園絵に対して、日ごろ胸中に抱いている鬱憤を全部ぶちまけてしまったのだ。

6

園絵は思案に迷っていた。斉貴とこうしてあいまみえるまでの自分が、世人のうわさから受けた印象では、彼こそ遊興三昧《ゆうきょうざんまい》に夜も日も足らぬ暗君としかほかには思われなかったのだが、今こうして目を輝かせ、颯爽として語りつづける斉貴は、その先入主とは違っていた。

「しかし、この余の悩みをば理解してくれる者はない……」

目を落とし、寂しげに斉貴はことばを続けた。

「幕府の諸役人も大名も、いや、余の家臣のだれかれも、自分の体がかわいいのだ。幕府が、家が倒れたとき、自分の地位がどうなることかと、その心配に忙しいのだ――このような意見を幕府に持ち出したら、直ちに閉居の沙汰が出よう。いや、家中の家来どもの中にも、お家大事の美名に隠れて、余の隠居を願う者さえ少なくない。いや、そればかりか、きょうのように余の命をすらうかがう者さえ潜んでいる」

　園絵ははっと目を上げた。

「園絵、そのほうはきょうの下手人をだれと思う」

「はばかりながら、わたくしめには……」

「歯にきぬ着せずに申すがよいぞ。きょうの内蔵と楓の振る舞い見たか」

「はっ」

「あれを見て、そのほうなんとも気づかなかったか」

「別に……」

「そうかのう」

　斉貴の顔には、たとえようもない哀愁が浮かんで消えた。

「かねてより、余は内蔵之助の振る舞いにただならぬものを感じていた。だが、人その立場をかえるなら、おのずと考えもかわるもの――家の大事を思うばかりに、殿の非行を公儀にあばいた栗山大膳《くりやまたいぜん》のためしもある。彼もまた、家を思い、家臣の禄に離れてはと憂うる忠義の一念から、余一人を退けようとするものかと、余は善意に彼の行動を解していた。だが、楓の彼に対する態度を見ては、そうとばかりは受け取れぬ。あるいは……と、余は思ったが、園絵、いかがか」

「わたくしにはなんともわかりかねまする」

「それにつけてそのほうをここへ呼び寄せ、かかる大事を打ち明けたのは、そのほうにちっと頼みがあってのこと……耳を貸せ」

「はい……」


おそるおそる御前近くに膝行した園絵の耳に白扇を寄せて、斉貴はしばらく何かをささやいていた。

「殿さま、それでは……」

驚いたように顔を上げた園絵をおしつけるように、

「聞いてくれるか」

「はい、殿さまのおことばでございましたら……天下のためになりますことでございましたら……」

「頼みおくぞ」

「はい」

園絵の胸には、この時から、大望をいだく男のたくましさがくっきりと印象づけられた。斉貴は園絵にとって決して暗君ではなくなった。いや、ただの大名ではなくなったのだ。

7

斉貴がこのように反撃の体制を整えたと知るや知らずや、安藤内蔵之助敏数は、この日ひそかに駕籠を飛ばして、日本橋石町の掛け屋、寿屋重右衛門《ことぶきやじゅうえもん》の店を訪ねていた。

江戸も末期の天保年間ともなれば、経済の実権は大名の手から大坂江戸の大町人の手に移っていた。手元不如意の旗本は、浅草お蔵から支給される蔵米をかたに札差から金融を受け、大名は掛屋から金の融通を受けるのが常であった。

したがって、掛屋札差の積む富は、普通の大名旗本よりもはるかに上まわっていた。

水野越前守が、町人の奢侈を禁じた天保の改革も、このような町人たちの目にあまるぜいたくを禁じようとしての英断と、歴史はいまも伝えている。

寿屋の本店は大坂にあるが、江戸の支店には当主の弟にあたる重右衛門が采配を振るって諸大名内密の金融にあたっていたのである。

当年とって五十六、男ざかりは越したといっても、壮者をしのぐ元気であった。

いま彼は、奥の座敷で、安藤内蔵之助と膝を交えて笑っていた。

「粗茶にございますが」

「かたじけない。この暑さではのども渇く」

「十何年ぶりの暑さとか申しますのう」

重右衛門の眉間には、出雲家十八万六千石の江戸家老なにする者ぞという気概が満ちていたのである。

「さて、重右衛門どの」

茶わんを下に、膝を乗り出した内蔵之助は、

「本日このようにお伺いしたは余の儀でもない。この春、ちっとお家に子細あって、そ

れがしのはからいにて拝借いたした金子、お返しいたそうと思ってのこと」

「さて、それはご念の入ったご挨拶」

　重右衛門はひと癖ありげな唇をゆるませた。

「商人が利を見て金子をご用立ていたしますのは、あたりまえのことでございます。お武家さまの弓矢とってのご奉公とも同じこと。いや、安藤さまにも出雲家の江戸屋敷をお預かりになるお身として、いろいろのご苦労もござりましょう。人にはいえぬご苦心もさだめて多いことでございましょうに、おんみずからのご挨拶、いえもう、かたじけないことで……」

「それで、そのかたとして預けた一品は金子と引き替えに持ち帰りたいが、もちろんご当家にあるであろうな」

「おことばにも及ばぬことでございます。やせても枯れても重右衛門、お大名さまがたよりお預かりした品物を他へ回すなど大それた了見は持っておりませぬ。なんならば、ただいま持参いたしますゆえ、一応お改めくださいまし」

「それなれば、お借りいたした九百両に利を添えて千両、供の者に持たせてまいった。念のために調べていただこうかな」

「かしこまりました。ただいま店の者に調べさせますゆえ、ちょっとお待ちのほどを……」


座を立った重右衛門は、まもなく店の手代に屛風を担がせて入ってきた。

「たしかにいただきましてございます。それでは、お預かりの地獄屛風、一応お改めの上、お持ち帰りを……」

安藤内蔵之助の面前にいま開かれた地獄屛風、おお、それこそ実に出雲家の門外不出といわれる家宝、黄金百万貫のなぞを包むあの血曼荼羅ではなかったか。

それでは、出雲家の宝庫には、もはや屛風は隠されていなかったのか。

「かたじけない。では、この儀はくれぐれもご内密に」

一礼して、安藤内蔵之助は立ち上がった。

8

内蔵之助の陰謀は、ついにここまで及んでいた。この物語の劈頭《へきとう》に手傷を負った早乙女主計が出雲屋敷に連れ込まれたとき、その枕辺にひきまわされていた地獄屏風——それこそ真っ赤な偽物と、まぼろし小僧は見抜いていた。

秘宝は蔵を出ていたのだ。そのかわりに、偽の屏風がしまわれて、本物はこうして今まで寿屋重右衛門の蔵に眠っていたのだった。

もとより、内蔵之助は金が目的ではなかったのだろう。ただ、なによりも安全な一時の隠し場所として、この店を選んだのであろう。そして、斉貴との正面衝突を前にして、いよいよ最後の切り札を手中に収めんとしたのだろう。

しかし、奸知にたけた安藤内蔵之助も、一つのことを忘れていた。人を謀るに急にして、人に謀られることを忘れていたのだった。

門口まで内蔵之助の駕籠を見送って座に戻った重右衛門は、ぽんぽんと両手を鳴らした。

「後藤さまにこれへと申し上げてくれ」

「いや、案内には及ばぬぞ。内蔵之助、みごと欺かれて帰りおったな」

あざけるような笑いを浮かべ、庭先に大刀さげて立っていたのは、実にこれ、金座頭取、後藤三右衛門。

「これはこれは、後藤さま」

「先刻よりの一部始終、残らず庭で聞いておった。重右衛門、あっぱれ千両役者じゃのう」

「いや、これはおことば痛み入ります。いまにもこれが偽筆だといいだされるのではないかと思い、わたくしめも寿命の縮まる思いでございました」

「人をのろわば穴二つ——欺こうとして欺かれる。因果はめぐる小車のいずれ回ってこようもの。ところで、重右衛門、本物の地獄屏風はどこにある」

「三番蔵に、大事にしまってございます」

「よもやそれは偽筆であるまいな」

「と、とんでもございません。貧乏大名の家老の一人二人など敵にまわしても怖くはございませんが、いまわが国の台所を一手に預かっていらっしゃる後藤さまを欺こうものなら、てまえどもでもあしたからこの店をたたまずばなりますまい」

「はっはっは、よくぞ申した。いや、そのほうの親切は、後藤三右衛門、忘れはせぬぞ」

「いや、たんまりとお返しをいただきますようお祈りいたしております」

「では参ろうか」

二人は、ぴたりと肩を並べて、奥の空き地に建ち並ぶ土蔵の方へ消えていった。

まことに、利によって交わる小人の交わりは、いつか破れずにはいない。鉄壁と思われていた悪の陣営にも、いまはこうして分裂のきざしがあらわれ始めたのだ。

安藤内蔵之助も焦っていた。表面平静を装っているとはいうものの、あの密書をまぼろし小僧に奪われてから、後藤三右衛門の胸中も安らかならざるものがあったにちがいない。

二重の偽書――三つの同じ地獄屏風。

斉貴の抱くも偽物、奸臣内蔵之助の手に帰したのもいずれも真っ赤な偽の品。

そして、最後の本物は、はたしてだれの手に落ちるのか。

9

この隠れ家は絶対にだれにも打ち明けてはならぬと、早乙女主計は厳重に朱桜の文吉から口止めをされていた。

もとより漏らす気はなかった。だが、あまりにも大きな明暗二筋の陰謀の渦中にあって、彼はまったく無力であった。

お富の行方も杳《よう》として知れぬ憂さから、その翌日、彼はふたたびあの護国寺の前の寓居に文吉を訪ねていこうとしたのである。

家を出て、彼は一筋に道を急いだ。ただ、彼は、自分の後からたえず執拗に食い下がってくる二つの目には気づかなかったのだ。

あの家についても、文吉の姿はなかった。留守の者に尋ねても、その行方はなんともわからなかった。

神出鬼没の名奉行、遠山左衛門尉のことである。あるいは、裃姿に威儀を正し、北町奉行所において江戸の治政をつかさどっているものか、あるいはまた、一介の町人姿に身をやつし、江戸の巷をさまよって、鳥居一味の陰謀に対抗せんとしているものか。

むなしく足を翻して帰途につこうとしたときである。

「ねえ。お侍さま」

と呼びかける女のなまめかしい声があった。見れば、編み笠、三味線をこわきに抱え、裾をかかげた鳥追い姿の女である。

「何か用か」

「ええ、ちょっとあなたさまにお言づてを」

「みどもに……だれから」

「失礼ながら、あなたさまは早乙女主計さまでございましょう」

「どうしてそれを」

「しっ」

とあたりを見まわして、

「まぼろしからのお言づて」

「まぼろし……小僧！　そのほう、さては」

と言いかけるのをみなまでいわさず、

「わたしの正体はお尋ねになってもむだでございます。ただ、あの方のおことばは、今まで一度もあなたさまを裏切らなかったはずでございましょうが」

「いかにもさよう」

「それなれば、今度もこのことばに従ってほしいと、まぼろしは申しております。——今宵《こよい》六ツ刻《どき》、本所黒住町の料理屋かしわと申す家に、鳥居甲斐と後藤三右衛門の二人が忍んでくる。今度こそ、天下のため、お富のために、この二人を斬るべし、と、そのように」

「斬れというのか。それがしに、天下の南町奉行ときめく金座頭取を、この手にかけて命をとれと申すのか」

主計もさすがに愕然とした。

「恐ろしゅうございますか」

「いや、腕ならばいくらでも自信はある。彼らの一人二人など、斬って捨てるにはわけもない。だが、なんのため、それがしが彼らを斬らねばならぬのだ」

「お富さまの命にかかわる大事とか。今度こそ、最後の手段をとる以外、道はございませんそうで」

「お富の身が危ない……」

「と申されますが」

「よし！」

主計の決心はきまっていた。

「女、よろしく申すがよいぞ。命にかけても、早乙女主計、その頼みは承知した。鳥居も後藤も、よもやあすの日の出を眺めることはあるまい……」

10

その鳥追いは、足早に主計を逃れて、あちらへ折れ、こちらへ曲がって、ある寺の境内へ姿を消していった。

その本堂の階段に腰をかけて退屈そうに待っていたのは、八兵衛と篠原一角の二人である。

「親分さん、お待たせしまして」

「首尾はどうだ。行くといったか」

「たしかに承知しましたとさ」

八兵衛は顔を崩して笑いだした。

「行くといったか。はっはっは。主計が行くといいおったか。こいつあいいや。これほどうまくいくたあ思わなかったなあ。おい、一の字、恐れ入ったろう。楠、孔明だって、これだけの知恵はそんなに出やしねえぜ」

「何をいうんだ。おれにゃあさっぱりわからねえ」

「わからねえって……血のめぐりの悪い野郎だな。はっはっは。こいつがわからねえって、笑わせるじゃねえか。積もってもみねえ。主計ってやつは、まぼろし小僧のことばならなんでも真に受ける男だぜ……今夜六ツ刻かしわへ来いと、おれは鳥居に言っといた。浜野の姿をえさにして……それに主計が現れる。鳥居と後藤の命をとれとまぼろし小僧に吹きこまれて……さあ、面白いぜ。この一幕は、役者がそろった。これでちょんちょん柝《き》が入りゃあ、いつでも幕は上がるってことよ」

「八兵衛、やったな。やりおったな！」

篠原一角も思わず歓呼の声をあげた。

「やっと今ごろ気がついたか、おれの書き下ろした一幕を。鳥居と後藤の命をとりゃあ、お富もいまさら秘密を明かさぬとはいえめえ。といって、おれが手にかけちゃあ、こいつあ算盤《そろばん》がはじけやしねえ。主計と殺し合いをさせりゃあ、こちらは高見の見物ができらあ……毒をもって毒を制するとはこのことさ。どっちに転んでも怪我はねえよ……」

竜虎死闘

1

人間というものは、必死の境地に追いつめられれば、恐ろしいことを考え出すものである。この時の黒島八兵衛苦肉の計も、まったく一石に二鳥を打つような鬼謀にほかならなかったのだ。

主計が鳥居後藤を斬ってもよし、また逆に事成らずして主計が斬死《ざんし》するもよし、いずれにもせよ、八兵衛自身にとっては、毛一筋の怪我さえなくてすむのだった。だが、上手の手からも水が漏る、ということわざのとおり、水も漏らさぬと思われるこの計略にも大きな疑問が残されていたことは否定できない。

その一つは、あの家から無事にのがれたお富の動き。第二には、あれ以来、事件の表面から形を隠して鳴りをしずめた青竜鬼、粕谷小四郎の動静であり、第三には、神出鬼没、変幻自在のまぼろし小僧の活躍である。

あまりにも巧妙をきわめた自分のはかりごとに陶酔して、彼は、この三人の動きによって自分の立てた秘策が崩壊するかもしれぬということは、思ってもみなかったのかもしれぬ。

その夜六ツ刻――

愛刀相州国広を腰にいだいた早乙女主計は、紫頭巾に顔を隠し、早くから本所黒住町、かしわの前にたたずんでいた。

鳥居後藤が現れたなら、天下のために、お富のために何人の護衛があったとしても、ただの一撃、一太刀に斬って捨てようと、心にかたく期していたのだ。

えいほー、えいほー。

威勢のよい掛け声とともに宙を切って駆けつけてきた一丁の駕籠が、いま、かしわの前にかつぎ降ろされた。

――辻駕籠か。あるいはこれで……。

と見守る主計の前に姿を現したのは、なんと、人魚のお富ではないか。

「お富！」

思わず漏らした主計の声にさっと振り返ったお富は、ばたばたと小走りに主計の前に近づいて、

「主計さま……主計さまでございましょう」

「いかにも。そのほう無事だったのか」

「やっとのことで、虎の牙から逃れました……間に合わないかと思っておりましたが、早く、早く、わたくしといっしょにおいでくださいませ」

「どこへ行くのだ……それがしにはこれから大事の用がある」

「いえいえ、それはなりませぬ。あなたさまの身に万一のことがあってはなりません。それが心配で心配で、駕籠で駆けつけてまいりますあいだにも、生きた心地もございませんでした」

「と申すと」

「あなたはまぼろし小僧のことばを真にうけ、ここで鳥居と後藤の二人をお斬りになるつもりでございましょう。それが危ないのでございます……あなたさまのお身にかかわる一大事となるのでございます……」

2

——どうしてお富が、今まで行方をくらましていたこの女が、まぼろし小僧の伝言を、自分の秘密を知っているのだろう。

主計も愕然としたのだった。お富はそれにおいかぶせて、

「主計さま……今度はあなたが欺かれました。今夜ここにて二人を斬れとの言づては、まぼろし小僧のことばではございません。黒島八兵衛苦肉の策——あなたを危地に落とそうとのはかりごとでございます」

「なんだと！」

いよいよ意外なお富のことばに、主計もしばしみずからの耳を疑わずにはおられなかった。

「ここではこれ以上の立ち話もなりません。この家で、くわしいことをお話し申し上げましょう」

「大丈夫か」

「わたしがついておりますかぎり、決して危ない目にはお遭わせいたしません」

お富は、主計の手を取るようにして、かしわの玄関をくぐっていった。

「ねえさん、どこか静かな部屋をお願いしますよ」

すかさず女中の手に紙包みを握らせて、お富は女中の耳になにか二言三言ささやいた。

「かしこまりました」

鼻薬のききめがあってか、通されたのは広い庭の一隅に人目をさけた離れである。

「お銚子を二、三本に、なにか見つくろって……それから、手を鳴らすまで来ないようにしておくれね」

「かしこまりました」

好いた同士のあいびき――とでも解釈したのであろう、酒と料理の二、三品を運んで、

「ご用がございましたらお呼びくださいまし」

と言い残し、女中は母屋の方に立ち去ってしまった。

「主計さま、危ないところでございました……ほんとうにようございました。まあ、お一ついかがでございます」

「酒どころではない。それがしには、何がなんだか、さっぱり訳がわからぬのだ」

「それはこれから申し上げます。しかし、この事件もいよいよ大詰めが近づいてきたようでございます。敵の陣営にもだんだんと仲間割れが起こりだしました。わたくしは、八兵衛の手に捕らわれておりました間にも、それを感ずることができました……」

「そのほうは……それでは、八兵衛の手に捕らわれたのか！」

「ほんの一時でございます。浜野の必死の働きに、かろうじてその手から逃げ出すことはできましたが、浜野はいまだに彼の手に捕らえられているのでございます」

「そのほうともあろう者が……人魚のお富とも名を売った女が……どうしておめおめそのようなことになったのだ」

「兄に会いたいためでございます」

「兄の行方が知れたのか」

「はい……」

「それはいったいだれなのだ。どこの何者だったのだ」

お富の顔はさっと曇った。そのことばさえ沈痛に、

「まだその顔は見ておりません。ことばをかけてもおりません。しかし、浜野のことばでは……わたくしの兄はまぼろし小僧だということでございます」

3

まぼろし小僧がお富の兄！　金座後藤の正統の子！

意外なお富のことばであった。だが、一度見方をかえてみれば、それも決して意外なことではない。

後藤三右衛門の陰謀によって、金座座頭の役を奪われ、無限の恨みをのんで悶死した祖父の恨みを晴らすべく、決然立ったこの男が、表だってはその志を求むべきすべもなく、一介の町の侠盗《きょうとう》として、陰で後藤一味の勢力に挑戦しようとしたところで、それをとがめることはできまい。

幕府政治腐敗の生んだ一例が、一つの病例がここにもあるかと、主計はひそかに慨嘆した。

「その兄に会いたいばかりに、浜野といっしょに深川へ参ります途中、駕籠かきたちが八兵衛のまわし者とは知らず、彼らの隠れ家に連れ込まれました。うそかまことかは存じませぬが——その時の彼のことばでは、もはや鳥居の所業にあいそがつきたとのこと。粕谷小四郎の手から奪い去ったとか申す死人の銭をかたとして、わたくしと手を握らぬかと申し入れてきたのでございます」

「その条件は」

「黄金百万貫を山分けに——と。わたくしも逆に注文をつけました。鳥居と後藤の首を並べてみせるがよいと、無理難題をふっかけたのでございます」

「承知したのか、その難題を！」

「それが今夜のはかりごと。彼は、まぼろし小僧のことばといつわり、あなたにその役を押しつけようと考えました。あなたが二人を殺すもよし、もし万一あなたが仕損じられたとしても、自分の身には怪我はない——このようにほくそえんでいたのでございます。わたくしが彼らの跡をつけましてその秘密を探り出せませんでしたら、あなたも今夜はのっぴきならぬ羽目に落ち込んでおられたでございましょう」

「いかにも——おのれ、謀りおったか！」

主計もさすがにその時はきりきりと歯をくいしばった。天下の南町奉行と、ときめく金座座頭を暗殺しては、たとえ天下のためにもせよ、逃れるすべもなかったのだ。

「まあ、そのようにお腹を立てずともようございます。災いを転じて福とするとはこのこと……逆にこの機会を利用して」

「どうするのだ」

「鳥居と後藤の二人が現れましても、そのままに見捨てておくのでございます。敵のはかりごとの裏をかくのでございます。……八兵衛が現れまして、なんと言い開きをいたしますか——それとも現れずに、二人が八兵衛の行動に疑いを起こしますか——どちらに転んでも、こちらに不利はございませぬ」

「よかろう。それで、二人の現れることは確かだな」

「しっ」

からからと、敷石を踏む下駄の音がこちらに近づいてきた。

そっと立ち上がったお富は、障子を細目に押し開けて庭の様子をうかがっていたが、緊張しつつ振り向いて、

「主計さま、鳥居と後藤が……連れだって向こうの離れに入っていきます！」

4

供も連れずに離れに入った黒覆面の鳥居甲斐と後藤三右衛門の二人は、覆面をとって、静かに顔を見合わせた。

「八兵衛はまだ参っておらぬか」

「さよう、約束をめったにたがえる男ではないが……なにか手違いでも起こったのか。まあ、いま少しこのままに」

「それがよろしかろう。しかし、鳥居どの、事は成ったも同様ではござらぬか。拙者は、きょうの知らせを聞いて雀躍《じゃくやく》いたした。あとは死人の銭だけが……」

「しかし、安藤内蔵の計画はいっこうに進んでおらぬようではないか。あの出雲家の地獄屏風は、手に入ったといえばいえるが……まだ決して……」

「いや、そのご心配には及ばぬこと。出雲家の地獄屏風は拙者が手に入れておりますぞ」

「なに！　なんと！」

　さすが奸知の鳥居甲斐も、この一言には顔色を変えて驚いたのだ。後藤三右衛門は得意げに、

「安藤内蔵は、出雲家の宝蔵から地獄屏風を偽筆とすり替え、持ち出して、ある場所に隠しておいた――それと知った拙者が、またその屏風をすり替えて……」

「それでは！」

　と、驚いた鳥居の顔には、次第次第に、わが事なれりといわんばかりの得意げな冷たい笑いが返ってきた。

「よくやられた！　さすがは後藤三右衛門どの。それでは、もはや安藤内蔵に頼る必要もなくなったわけか」

「そのとおり。あの男の機嫌をいままでとっておいたのも、地獄屏風があればこそ――もはや、彼がどうなろうとも、われらの知ったことではない」

「しかし、このままにしておいては、彼もその計画を進めますぞ」

「そうなったら、出雲家十八万六千石お取りつぶしになるまでのこと――鳥居どの、黄金百万貫と十八万六千石の餌があったら、幕府においてどのような大芝居でもうてますぞ」

「うーむ」

奸知ではみずからの右に出る者は江戸にもあるまいとひそかに自負していた鳥居甲斐も、このことばには答えることばも知らなかった。

「なるほど――いや、後藤どのの神算鬼謀には、みどももほとほと恐れ入った。たしかに、われわれが見放しては、安藤内蔵もただひとり地獄への道を急ぐであろう。みずからの墓穴を掘らずにはおられぬだろう。幸いに、われらは彼にはこれという急所を押さえられておらぬのだ」

「ごもっともの仰せにございます。ただ、恐るべきは、まぼろし小僧――彼はわれわれ二人の急所を押さえる書類を握っておりますが……」

甲斐は大きくうなずいて、

「後藤どの、その点はそれがしにぬかりはない。南町奉行所の全知全能を傾けての決死の努力は実をむすんだ――今まではその正体の片鱗すらも見せなかったまぼろし小僧の正体が、いまや判明いたしたのだ」

「それはまことでございましょうか」

「それがしの目に狂いはない」

甲斐は大きく笑っていた。

5

「鳥居どの、して、まぼろし小僧の正体は、はたしてだれでございましょう」

「実に意外な人物であった――よもやと心に思いながら、探索の網をしぼってまいったが、あれがまぼろし小僧とは……」

といいかけて、鳥居はつっと立ち上がった。飛びつくように障子の桟に手を掛けて、さっと一文字に開きながら、

「曲者めが！」

「なんと仰せられまする」

庭先に相州国広の一刀をひっさげて立つ早乙女主計は、鳥居の狼狽をあざけるように、かすかなえくぼを浮かべていた。

「あっ、そのほうは早乙女……主計ではないか」

「失礼ながら、南町奉行鳥居甲斐守さまのお忍びの姿と拝見いたしました」

二人の視線は虚空にするどい火花を散らし、目に見えぬ剣先ははげしく空に交錯した。

「そのほうは、何用あって、みどもらの話をうかがいおったのだ」

「そのような覚えはございません。ただ夕涼みの一刻をこの庭で過ごそうとしただけでございます」

「夕涼み……こともあろうに、この場所で！」

「人に呼ばれて参っただけでございます」

「人に呼ばれた……だれに！」

「黒島八兵衛と申す者が、今宵六ツ刻この場所に鳥居甲斐さまと後藤三右衛門さまが現れるゆえ、一太刀に斬って捨てるがいいと、このように言ってまいりました」

「なに！　八兵衛が！　そのようなはずはない。そのような……」

「飼い犬に手をかまれるということわざも昔よりありますこと——鳥居さまにもご用心あそばされたほうがようございましょう」

「それで、そのほうはみどもらを斬るつもりか！」

刀の柄に手をかけて、甲斐は思わずたじたじと二、三歩後ずさりした。

「それがしはそのようなうつけ者ではございません。身を守るためには刀も抜きましょう。国家天下のためならば、一人や二人この場で斬って捨てますのもなんの造作もございません。しかし、悪人の口車にのってまで人を斬るほど、それがしはおろか者ではございません」

甲斐の唇は剃刀のようにするどく結ばれて、不気味な笑いをたたえていた。

「そこつ者よと思いのほか、そのほうも年に似合わぬ落ち着いた振る舞い……耀蔵《ようぞう》、ほとほと感服いたした……今夜のことは忘れおかぬぞ」

「それがしも忘れぬつもりでございます。では、お富どの、参られよ」

静かに姿を現した人魚のお富は、皮肉な笑いを浮かべながら、甲斐の方をじろりと横目で見つめ、手に手を取らんばかりにして母屋の方へ立ち去っていった。

「おのれ、主計め！　捨ておかぬぞ！」

二人の姿が消えたとたんに、甲斐は憤怒の叫びを漏らした。

「いまのはたしかお富ではないか。鳥居どの、それではやっぱり、八兵衛が裏切ったのであろうか」

顔色を変えて障子の間からのぞいた後藤三右衛門に、甲斐は一言、冷たく答えた。

「もし待ち人が来らずば……」

6

無事にかしわからのがれた主計とお富の二人は、駕籠を飛ばして山の手に向かった。

国広の一刀を抱いて駕籠にゆられる主計の胸に去来するのは、お富のささやいたことばである。

――わたくしは八兵衛の第二の隠れ家を探り出してまいりました。そこを襲って死人の銭を取り返し、浜野を助けてくださいませ。そうすれば、わたくしの大望も達せられましたも同じでございます……。

今度こそ、この愛刀にものをいわせる時が来た……今まで夜泣きしていた腕に満足させる時が来た……。

主計は昂然《こうぜん》と眉をあげた。

第二の隠れ家は、淀橋《よどばし》十二社権現《そうごんげん》のあたりという。次第次第に江戸の都心から追いやられてその周辺の隠れ家を逃げまどっている彼らの運命は、もはや時間の問題であろう。

内藤新宿を過ぎ、柏木成子町《かしわぎなるこちょう》にかかったときは、すでに夏の夜は更けわたり、空ゆく無心の月だけが、やがては起こるであろう地上の血闘をよそに、皎々《こうこう》とさえた光を投げている。――淀橋のたもとで、二人は駕籠を捨てた。

「お富どの、場所は。彼らの隠れ家は……」

「あそこでございます。あの田の中の一軒家が……」

見れば、黄金色に波うつ稲田の向こうには、豪農、名主の家かと思われる土蔵のついた家が黒く横たわっている。

「あの家だな……」

「はい。たしかに間違いございません」

「それでは、お富どの、万一そのほうの身に大事があってはならないが、どこか途中で待ってもらおうか」

「いえいえ、わたしもいっしょに参ります。命をかけてわたくしを逃がしてくれました浜野に対しましても、わたしだけのめのめ待っておりますわけにはまいりません」

「そうか。それほどまでにいうのなら……」

国広の目釘に湿りをくれて、主計はすばやく刀の下げ緒でたすきをかけると、田の中の間の一本道をその家の方に近づいていった。

だが、主計は道の途中で立ち止まった。鋭い彼の神経が、この家のまわりに漂っているなにかただならぬ殺気を感じたのだ。

「主計さま、どうなさいました」

事ここに至ってためらうのかといいたげに、お富は主計をうながした。

「お富どの、これはただごとではないぞ」

「ただごとでない——とおっしゃいますと」

「このあたりの空気が殺気を帯びている——血と剣のにおいが鼻を突くようだ……おそらく、われらの前途には、だれか剣をひっさげて待っている者があるにちがいない」

「それでは、あの八兵衛が備えを立てて」

「何にもせよ、行こう。いまさらあとへもひけはせぬ。たとえ万人の敵なりとも斬って捨つるに面倒はない」

主計は、ふたたび足を速めて、その一つ家に近づいていった。

「ごめん。ごめん」

しきりに大戸をたたいても、答えるものはだれもなかった。

「八兵衛どのはご在宅ではござらぬか。鳥居さまより火急の使いにてまかり越した。ごめん、ごめん……」

依然として、なんの答えも聞こえなかった。

7

はて、と怪しみながら、主計は大戸に手をかけてみた。重い開き戸は手ごたえもなくするすると横に開いていく！　そして、ぷーんと鼻についてくる血のにおい……かすかな低いうめき声。

「お富どの！」

「主計さま！」

二人は顔を見合わせた。思いもよらぬこの場の様子に、しばらくはものもいえずにいたたずんでいた。しかし、その次の瞬間、主計はさっと家の中へ飛鳥のように飛び込んでいた。

「うーむ」

その中はさながら地獄のさまではないか。土間から座敷一面に横たわる死体の山、まだ乾きもやらずにべっとりとなまぐさい異臭を放つ血の流れ。

「一人、二人、三人、四人……」

主計は、死体の数を読みながら、その傷口に目をやって、思わず戦慄したのだった。

みな一太刀。けさがけもあり、横胴もあり。その傷跡はさまざまだが。二の太刀をつけた死体はどこにもない。

「なんたる手練……なんたる太刀業！」

主計も思わず舌を巻いた。死体はすべてで十いくつ。これだけの荒くれ男の群れを向こうにまわしながら、二の太刀を用いるまでもなく、ただの一太刀に命を奪ってしまうとは、自分がかりにその立場でもできるかどうかわからなかった。

「どうしたのでございましょう。だれが斬ったのでございましょう」

「お富どの、これは黒島八兵衛の配下にちがいあるまいな」

「たしかにそうでございます……ただ、あの男――八兵衛だけは、どこにも見えませんようですが……ああ、あれは！」

はるかかなたの土蔵の前に、うごめく手燭の灯が見える。その灯に照らされて浮かび上がった男の影は、まさしく粕谷小四郎だった。

とたんに、手燭の灯は消えた。主計の手にはたちまち国広の一刀がひらめいた。

「粕谷小四郎……そのほうがこれだけの人間を斬ったのか！」

「いかにも……」

年に似合わず落ちついた小四郎の声が聞こえてきた。暗やみの中、その声はまさに妖鬼の呪言のよう。

「なぜ斬った。なぜ、このような同志討ちを……」

「八兵衛はもはやわしの同志ではない。敵も敵、血をすすり、骨をかんでもあきたらぬ不倶戴天《ふぐたいてん》の仇《かたき》なのだ。斬り捨てるのに容赦はない」

「待て！　小四郎！　そのほうがそのような立場をとれば、それがしもなにも敵対することもない。遠山左衛門尉さまのことばもあることだ。このあたりで拙者と手を握るつもりはないか」

「武士らしくもない一言よ」

小四郎はあざけり笑うような調子で、

「早乙女主計ともあろう者が、敵にあわれみをこうつもりか。たとえ愛していぬにもせよ、園絵はそれがしを生涯の仇敵としてつけねらっているであろう……それでもよいのか。それでもわしと手を握る気か……」

「なにを……」

「わしは斬る……斬ればいいのだ……この地獄屏風の、死人の銭の争奪に加わる者は、だれかれの差別もなく……村正《むらまさ》に血を吸わせるのだ」

「村正に……」

「早乙女主計さま、お命ちょうだいつかまつりましょう」

主計はすばやく燭台を吹き消して、八方破れの構えをとった。

剣客のみ知る剣の妖気は、じりじりといま彼の身に近づいてくる。

8

暗黒の中、かすかな空気の流れだけに、全身の神経を集中して、主計は敵の動きを待った。そばにはお富の荒い息。だが、小四郎はまるで暗夜にうごめく陰獣のよう、なんの動きも音もなく、主計のそばへ近づいていた。

もののもいわずに紫電を吐いて、妖刀村正一閃するや、主計の左の袖はたちまちちぎれて飛んだ。主計ほどの使い手でなかったら、国広の一刀がみずから動くごとくに左にすべってその一撃を受け流さなかったら、主計はたちまち血へどを吐いて、死体の山の一人となっていただろう。

「あっ！」

低いひと声を漏らしたまま、小四郎はふたたびもとの音なしの構えに返った。

「お富どの！　早く外へ！」

「はい！」

お富の駆けだしていく足音が、大戸のほうへ消えていく。

このほんのわずかの間が、主計には何年かの責め苦のように思われた。

どんな相手を向こうにまわしても、たとえ漆黒の暗中に太刀をとっても、敵の動きはたちまち感ぜられるほど主計は修業を積んでいた。

それなのに、この恐るべき敵青竜鬼は、どこに潜んでいるとも知れぬのだ。前か後か、右か左か、それさえはっきりしないのだ。

剣先の吐く不思議な妖気は、八方から主計の体に襲いかかる。まるで一度に八人の敵にまわりを囲まれたような不思議な感じに捕らわれたのだ。

「いざ！」

お富が大戸を開いた瞬間、差し込む月の光とともにうなりを生じて胸もとに突き出された第二の太刀！

かろうじて、主計は右に、その一刀を払いのけた。だが、つづいて襲った三の太刀に、主計の態勢は大きく左に傾いていた。思わず後ずさりした足が、ぬるぬるとした血に足場を失って、主計はその場に倒れていた。

「主計さま！」

お富の声が遠くに聞こえた。眼前に突っ立つ粕谷小四郎の姿が、仁王のように大きく見えた。

だが、小四郎の顔には、いま赤子のような表情がかすかに浮かんでいたのだった。とどめを刺すことさえ忘れて、なにか過ぎ去った昔の思い出を懐かしんでいるような恍惚とした表情だった。

「主計どの、また会いましょうぞ！」

ひと声のこして身を翻した小四郎は、つっとその場を走り去った。

入り口で斬りかかるお富の利き腕をとって突き飛ばすと、音もなく家の外へ姿を消していった。

9

「どうしたのだ！　これはいったいどうしたのだ！」

はねおきた主計も、そう叫ばずにはおられなかった。九分九厘まで最後と思っていた一瞬、突然、敵は退いてしまったのだ。

「主計さま、ご無事で……無事でございましたか」

すがりついて尋ねるお富に、

「怪我はない。ないが、小四郎はどこへ逃げた……」

「外へ飛び出していきました」

「何か見たのか。聞いたのか」

主計もすぐに跡を追った。眺めれば向こうの稲田の上に点々と浮いているのは、御用提燈の灯ではないか。遠巻きにこの一軒家を取り巻いて、しずしずと輪を縮めてくる。

「お富どの！　これだ！　小四郎はこれに気がついていたのだ！」

「どうしましょう、わたくしたちは……」

「逃げよう。このように血に汚れた体では、無益の疑いをかけられるかもしれぬ」

だが、その時には、捕り手の一隊は早くも二人の身のまわりに迫っていた。

「御用！　御用！」

鋭い叫びとともに、二人の左右に追ってくる十手捕り縄の大波小波。

「何をする！　人違いをいたしおるな！　そのほうたちは南か北か」

国広の大刀でたえず峰打ちを続けながら、主計は必死に叫んでいた。

「何を申すか。われら北町奉行所の者、ご禁制抜け荷買いの首魁《しゆかい》、黒島八兵衛の隠れ家と知って、こうして押し寄せた。いざ尋常に縛につけ！」

「違う！　違う！　逃げも隠れもいたしはせぬが、武士が誤って縄を受けてはこの身の恥。曾根俊之輔どのに御意を得たい。決して無用の抵抗は」

「なに、それがしに会いたいと申すのか」

人陰から姿を現したのは同心曾根俊之輔――と見るより早く、主計は叫んだ。

「曾根どの、拙者だ！　早乙女主計だ」

「なに、主計どの！　者ども、ひけッ！」

一喝して近づいてきた俊之輔は、

「主計どの、いや、お富どのもご一緒か。御身らは何用あってかかるところへ」

と問いかけた。

「八兵衛を襲って、死人の銭を――と思いましたが、ひと足先に先手を打たれてしまいました」

大刀を鞘に納めて主計は答えた。

「先手とは……いったいだれに」

「粕谷小四郎の仕業でございます」

「青竜鬼が、この場にか……」

曾根俊之輔は沈痛な調子でつぶやいた。

10

その同じころ――十二社権現の森の中にたたずむ二人の影があった。

「どうしたのだ。あの騒ぎはいったいどうしたのだ」

「手がまわったらしい。たしかに、あの方角は……畜生！　覚えていやあがれ！」

その声は、たしかに、篠原一角と、黒島八兵衛にちがいなかった。

「どうした。八兵衛、おまえの計略も大したこたあねえじゃねえか。ああして『かしわ』の大芝居、幕が上がるのを楽しみに出かけたが、なんのことなく、主計も二人も、しゃあしゃあと飛び出してきたじゃあねえか。おまけに、こちらは主計とお富の道行きなんぞ見せつけられて――ええ、くそ面白くもねえや」

「いうな。一の字、またってこともあらあね。とにかく、あれだけ手がまわっちゃ、もう危なくて江戸の町は大手を振って歩けやしねえ。少しほとぼりがさめるまで、江戸をずらかって身を隠そうぜ」

「おまえとおれで……とんだ道行きのひと幕だ。野郎同士じゃ、ちっとも色気がありゃあしねえ」

「そういうな。時世時節でしようがねえ……おや、あれは！」

八兵衛が目をみはったのも無理はなかった。鬱蒼《うっそう》と茂った大樹の間から漏れてくる月の光に照らされて、こちらへ静かに近づいてくる紫のお高祖頭巾《こそずきん》の一人の女があったではないか。

「この夜更けに……こんな寂しい場所に、女が一人で……」

「だれかを待っているらしいな」

二人は思わず固唾をのんで、女のさまを見守っていた。

昼の間ならばともかくも、甲州街道の発端となる内藤新宿からさらに西、しかも人けのない林の中に女がひとりで出没するとは、常識でうなずけることではなかった。

「おい、八兵衛、あれはほんとに人間だろうか。狐にでも化かされているんじゃあるめえな」

「なんでえ、一の字、ええ弱音を吐くじゃあねえか。大丈夫だい。しっかりしろい」

とささやきながら女の動きを見守る二人の目に、その時ちらりと写ったもの——それは女の二の腕からかすかにのぞいた入れ墨だった。

「あいつあ、ただ者じゃなさそうだぜ」

そのとき一角は緊張した顔でいいだした。

「おれが見てくる。おれがあの女の正体を確かめてくる」

さっと飛び出した一角は、虎徹の一刀を引き抜いて、女の前に襲いかかった。

「女！　その頭巾を脱げ！」

「あれ！　あなたは！」

杉の大樹を背後にとって、女はまるで荒鷲に襲われた小鳥のようにおののいていた。

「篠原一角というものだ。おまえの体つきには少し覚えがある。早く頭巾をとらねえか。それとも、この虎徹に生き血を吸わせてえか」

「これだけは……これだけは……」

「言うことを聞かねえとぶった斬るぞ」

するすると一角の左手が伸びていった。そして、女の頭巾に触れようとしたとき、

「待て！　待たぬか！　その女にはみどもの方が用がある」

ひと声、凛と木の間に響かせ、月光を浴びてその場に歩み出たのは、これこそまさしく青竜鬼――粕谷小四郎にほかならなかった。

幻妖出没

1

「おまえは……きさまは……」

ひと足あとに飛びじさった篠原一角は、血走った目で小四郎の方を見つめた。

「粕谷小四郎と申す者。この夜更けに、この場所で、女をとらえてなんといたす」

「粕谷小四郎……」

その名前をかみしめるようにつぶやいていた一角は、急におじけがついたのか、

「いや、この夜陰、こういう寂しい場所に、女一人が現れるとはおぼつかない。さては狐か狸のしわざにてもあろうと、妖怪退治をしようとしたまで。貴殿のご知人とあらば他意ない。ごめんこうむる」

と、捨てぜりふを残して、逃げるようにこの場を立ち去った。

もちろん、この青竜鬼、粕谷小四郎の出現に生きた心地のなかったのは、黒島八兵衛

である。先日の毒酒の計以来、相手が自分にどのような感情を抱いているか気づかぬほどのばかでもなかった。そして、相手の手の中は、知りすぎるほど知っていた。

幸いに女の方に気をとられて、自分のひそんでいるのに気がつかぬのをいいことに、彼も足音をひそませながら、ほうほうにしてこの場を立ち去っていった。


「お女中、この夜更け、このような寂しい場所で、何をいたしておられたのだ」

小四郎は静かに女に尋ねた。

「あなたをお待ちしておりました」

「はて、みどもをだれと知って」

「青竜鬼さま——とお見受けいたしましたが」

「青竜鬼——？　して、その用事は」

「恐れ多くも松平斉貴さまからのお使いで、火急の書状を持参いたしてございます」

「松平斉貴公から……その書状はどこにある」

「はい、こちらに」

懐中に手を差し入れた女は、さっと懐剣の鞘をはらって、小四郎めがけて突きかかった。

「何をする！　女！　何を！」

「おのれ！　恨みを！」

「無法なまねをするではない！」

利き腕をとらえ、その手から懐剣をもぎとった小四郎は、女の体を地上にねじ伏せ、そのお高祖頭巾をはぎとったが、

「や、そのほうは……」

うめくような悲痛な叫びが、その瞬間、彼の口から飛び出した。

「園絵……園絵……そのほうが、松平斉貴さまのお使いとして……」

「殺せ！　殺せ！　武士の娘とあろう身が、この上の恥はかきとうない。殺すがよい。その村正《むらまさ》に、わたくしの血を吸わすがいい」

「殺せというなら殺しもしようが……」

小四郎は冷血動物のような笑いを浮かべて、

「ただいまの一言――松平斉貴さまの使いとあるは、うそかまことか」

「まことじゃ。そのことばにはいつわりはない。ただ、おまえが、青竜鬼が、女の肌身

を汚した粕谷小四郎とは、今の今まで知らなかった……」

2

粕谷小四郎は、園絵の体をねじ伏せたまま、その内懐に手を差し入れた。そして、紫の袱紗《ふくさ》に包まれた文箱《ふばこ》の中の書状を取り出すと、悲痛な声でつぶやいた。

「園絵、許せよ。それがしは、女の心というものを、少し見そこなっていたかもしれぬ。だが、あの時のそれがしは、いかなる手段を用いても、鳥居の腹中に食い込まねばならない必要があった。天下のため、松平斉貴公のためには、彼らの奸計を未然に覆す必要があった。そのためには、いかなる手段を講じても、鬼ともなろう、蛇ともなろうと、それがしは心に誓ったのだ……」

小四郎の悲痛な告白は、人の気もない夜の林の中にこだまして伝わっていく。

「そのほうの操を破ったそれがしを、そのほうが恨みと思うのも無理はない。しかし、あの時のそれがしは、自分一人の力では事の成就を懸念していた。情を知ったそのほうの力が借りたかったのだ……」

小四郎は園絵を組み敷く手をゆるめた。地上にひれ伏したまま動きもしない園絵の唇からは、かすかなすすり泣きが聞こえた。

「武家の深窓に育ったそのほう、まして主計どのを心の底から慕う身に、それがしが事の子細をかみわけても、聞いてもらえる道理はない。女の魂を踏みにじり、花を散らしたそれがしを、憎みのろうのも道理であろう。だが、主計どのは、もうそのころから、お富に心を奪われていた。そのほうの願望もかなうべしとも思えなかった」

「でも、たとえ主計さまがどのようにお考えでございましても、わたくしはわたくしの一念を貫きとうございました」

かすかな声で園絵が答えた。

「さもあろう。だが、そのほうの体は、ああしてそれがしが知った日から、汚れを知らぬ身ではなかった。鳥居の命によってそれがしが入れ墨を続けさせずとも、もう取り返しのつかぬ身ではあった」

園絵はなんとも答えなかった。ただ、地上に横たわるその体は、大波のようにたえまなくうねりつづけた。

「この事件、落着の上は、そのほうをあらためて正式に妻と迎えようと、それがしは考えておったのだ。はじめて知った男というものは、よきにせよあしきにせよ、忘れられるものではない。しょせんはそれがしのもとに帰ってこよう。それがしはそれを楽しみにしておったのだ」

「だれが……だれが……だれが……」

「そう思うのも無理はない。しかし、いずれはそのほうの心も落ちつくことであろう。そのほうを味方につける計画は成就しなかったかもしれないが、出雲家に奉公をいたすようでは、それがしの計画にも天はみずからをよみしたまうものでもあろう」


小四郎は立ち上がって袴《はかま》のほこりを払った。そして、園絵の方には一顧もせず、書状に目を走らせていたが、

「ご書状の趣、承りましたと、殿さまに復命いたしてくれ。それから、いま一つのご伝言は、安藤内蔵之助は、鳥居、後藤と気脈を通じ、お家乗っ取りの陰謀を企てておりますことはまぎれもございませぬと。それから、楓どののお腹の子は、殿さまのお世継ぎではなく、安藤内蔵之助の子にちがいございませぬと、それだけ申し上げてくれ。園

絵、さらば……」

小四郎の姿はやみに消えていった。

3

その夜遅く、寿屋重右衛門の店には怪しい影が動いていた。

家の軒も三寸下がるという三更の刻、土塀をさっと乗り越えて、ぴたりと庭に飛び降りた黒装束の影がある。

忍びの術でも心得ているように、一度地上にひれ伏したその姿は、そのままはって奥の土蔵の方に近づいていった。

一番蔵、二番蔵、三番蔵……七棟の土蔵はいかめしい姿でやみに建ち並んでいる。

「三番蔵……これか」

ひくくつぶやいて立ち上がった黒装束は、ぴたりと蝙蝠のように戸前にはりついて、その錠前に手をかけた。

どんな方法かしれないが、合い鍵も使わないのに、その錠はまもなくぱちりと音をたてて開いた。

「うむ……」

息をのんで大戸に手を掛けたその男は、たちまちするするとその中にのみこまれていった。

土蔵の中は階下も二階も数かぎりない書画骨董。だが、この男はそんなものには目もくれない。

階段を上って右の奥まった隅に、三つ折りになった半双の屏風が一枚、壁にたてかけられてあった。

階段の上の燭台に火をつけた男は、その屏風を広げて笑った。

「やっぱりここにあったのか。本物の地獄屏風はここだったのか。安藤、後藤の二人がしきりとこの店を訪ねてきたのももっともだ……」

懐から取り出した短刀で、男はするすると屏風の絵を切り取っていく。いつの間にかあとには黒塗りの枠だけが残されていたのだった。

「これで屏風は二枚ともこちらのものよ。あとは死人の銭だけだが……」

つぶやきながら、男は矢立の筆を取り上げて、醜い肌を露出している屏風の枠の中の

下地に、
　地獄とも　極楽かとも　思う間に
　　消えし屏風の　絵もまぼろしと
　と、狂歌めいた一首を書き残し、土蔵を出て、どこともなく姿を消していった。

　その夜も明けて、寿屋では上を下への大騒ぎが巻き起こった。

　庭を掃除に出た小僧から、手代、番頭、大番頭と、ついにその話は寿屋重右衛門の耳に入った。

「な、な、なんだと！」

　がばりと床をけって立ち上がった重右衛門は、

「さ、さ、三番蔵に賊が忍び込んだ……して、何が、何が盗まれたのだ」

「地獄屏風でございます」

「地獄屏風！」

　重右衛門は、とたんに、死人のように青ざめて、べたりとふたたび腰を落とした。

「番頭さん、水、水をくだされ」

湯飲みの水を二、三杯、たてつづけにあおった重右衛門は、ふたたび番頭に向かって尋ねた。

「だれの、だれのしわざじゃ」

「まぼろし小僧らしいと存じます」

「まぼろし……小僧……」

重右衛門は絶句して、しばらく宙を見つめていた。

4

その日の正午ごろ——

寿屋の店には、唇をかたく結んだ安藤内蔵之助が、不機嫌そうな姿を見せた。

「重右衛門は在宅か」

「はあ、それがその」

「火急の用事じゃ。通るぞ」

振り返りもせずつかつかと奥へ通った安藤内蔵之助は、がらりと重右衛門の部屋の障子をあけた。

「安藤さま、ようお越しで」

飛び上がった重右衛門は、その視線を恐れるように手を突いて頭をたれた。

「あんまりよくも来ないのだ」

上座に直った安藤内蔵之助は、息つぐ暇もなく。

「この不届き者め」

と、するどい叱責のことばを浴びせた。

「なんでございましょう」

「何を白々しく申しおる……それがしが持ち帰った地獄屏風は真っ赤な偽筆、偽書ではないか。不肖なりとも雲州松江十八万六千石の江戸屋敷をお預かりいたす安藤内蔵之助、お家の重宝を失っては、ただこのままには帰られぬ。腹を決めて返答いたせ。返答のいかんによっては、それがしもこのままでは帰らぬぞ」

ことばとともに、安藤内蔵之助はかたわらの大刀の柄に手をかけて、重右衛門の方をきっとにらんだ。

「恐れ入ります」

「恐れ入ったと申したな。さてはそのほう覚えがないとは申させぬぞ。いかなる所存で、みどもを欺きおったのか」

「後藤……三右衛門さまのお言いつけでございます」

「なに、なんだと！」

一時は顔色を変えた安藤内蔵之助は、大口開けて笑いだした。

「何を申すか。後藤どのとは血をすりあった莫逆《ばくぎゃく》の友……みどもを欺こうなど、そのような……子供だましの一寸のがれの口上は聞かぬぞ」

「いえ、決していつわりではございませぬ」

重右衛門も、事ここに至っては窮鼠猫をかむの感さえあったのだろう。ぐいと両膝を乗り出して、

「当家としても、お預かりの大事な品をよそさまにお回しいたしますことが悪いとは重々承知してもおりますが、この商売で後藤さまのお憎しみをうけましては、しょせん立ち行きもできませぬ。いかようにして後藤さまがあの屏風をお預けになったことにお気がつかれたかは存じませぬが……」

「不思議なことがあるものだ。それがしの手にあるのも、後藤どのの手にあるのも、結

局は同じことではないか」

「いえ、いえ、決して同じことではございますまい……。てまえからこのようなことを申し上げるのはなんでございますが、黄金の光の前には人の目はおのずからくらむものでございます……。

あの屏風にどんな秘密が隠されておりますか、くわしいことは存じませぬが、できるなら、二人で宝を分けますより、一人占めにしたいと思いますのが、これがだれしものの人情と申しますものでございましょう」

寿屋重右衛門もこの窮地に追いこまれては、おのずから一世一代の雄弁をふるわずにはおられなかったのだ。

5

安藤内蔵之助が憤然と寿屋の店を去ってまもなく、訪れてきたのは後藤三右衛門であった。

一難去ってまた一難。前門の虎を送った重右衛門は、息つぐ暇もなく、後門の狼を迎えねばならなかった。

「重右衛門、ご苦労であったのう。本日は例の地獄屏風を持ち帰ろうと思うが、よしなに頼むぞ」

重右衛門の額にはべっとり脂汗がにじんでいた。

「それがかなわぬのでございます」

「なに、かなわぬとは」

「先刻、安藤内蔵之助さまが血相を変えてこの店においでになりました。それがしの目を節穴と存じおるか。いかなる所存で偽筆の地獄屏風をつかませおった。返答次第ではその分にはおかぬぞ――と、たいへんなご立腹でございました」

「うむ。気がつきおったか」

「そのようなことはございませぬと申し上げましても、いっこうにご信用はくださいません。蔵を改めるとのおことばにお止め申すわけにもいかず……」

「あったのか。見られたのか」

「わたくしの不覚でございました。しかし、三番蔵の奥深く隠しておりました本物の地獄屏風を発見されては、もう申し開きも立ちませせぬ。不所存者め、本来ならば手討ちにもいたすところだが――と、歯ぎしりをなすってお持ち帰りになりました」

「持ち帰った。地獄屏風を」

「はい。正当のお持ち主のおことばでは、ましていまにも斬りつけかねまじきあのご立腹では、重右衛門ももはや施すすべもございません。どのようなおとがめを受けましても――申しわけない次第でございます」

「やむをえない……ただ、当方の名前はよもや出しおるまいな」

「はい、重右衛門もそれほどのうつけ者でもございませぬ。内々、雲州松江家の方からお手が回ってとほのめかしておきました。殿さまのお名前にかかわりますようなことは申してもおりませぬ」

「それがせめてものことであった。骨折り大儀。それでは、いずれあらためて」

蹌踉《そうろう》と、心の痛手を抑えきれぬように、三右衛門は店を去っていった。その後ろ姿を見送って、重右衛門はひとりつぶやいた。

「もうこうなっては、こちらもいちかばちかの大芝居、剣《つるぎ》の刃わたりのような気持ちで、ああして両方にうそをつくしかなかったが……ええ、ままよ。どうせあいつらの天下も長くはありはしまい。ああして争い合ったなら、いずれはおのれの墓を掘るのにも同じこと……火遊びの道連れはまっぴらごめんというもんだ……」

6

それから二日後のこと――

雲州松江十八万六千石の世継ぎ亀千代は、突然、危篤に陥った。

当時の医術をもってしては、侍医といえども容易に見立てはできなかった。

蘭方《らんぽう》、漢方、ありとあらゆる医療の手段をつくしたのはもちろんのこと、加持祈禱《かじきとう》の末にいたるまで、ありとあらゆる方法がとり行われた。

家中一同、哀愁の色に包まれた中にあって、斉貴は眉ひとつ動かそうともしなかった。

「安藤内蔵之助さまお入りでございます」

声とともに斉貴の前に現れた安藤内蔵之助は、憂いの色をまざまざと、

「殿、まことに申し上げにくきことながら」

「亀千代が息をひきとったと申すのか」

「いや、そのような……しかし、ご典医のおみたてでは、今夜中にもとのことでございました。殿にも、万一の際のご覚悟がご必要か――とも存じまして」

「覚悟はとうにできている」

「は、まことに恐れ多きおことぱ」

「して、病名は何とあった」

「はっきりとはわかりかねます」

「毒ではないのか」

「めっそうもございませぬ。まだ年端もゆかぬ亀千代さまのお命を縮めまいらせなど申す不所存者が」

「余の命をねらうごとき者がひそみたるこの屋敷に、亀千代の命をうかがう者があったとしても、別に不思議なことではあるまい」

「はっ」

「内蔵、そのほうはいたく亀千代の命を気づかいおるな。余の命よりも心配しておるかもしれぬな」

「いえ、決してそのような、決して……」

「亀千代の身は大事であろう。世継ぎなくして大名が世を去れば、家断絶は幕府のきびしい掟である。十八万六千石の家を思い、家臣一同の身を思わねばならぬそのほうにとっては、亀千代の生死は余の身以上に気にもかかろう。その心中は、斉貴、察するにあまりがある」

「恐れ……入ります」


その時、あわただしく部屋に入ってきた侍が、はるか末座に手をつかえて、

「申し上げます」

「なにごとか」

「亀千代さま、ただいま息をおひきとり……とのお知らせにございました」

安藤内蔵之助の頭がぐーんと下がった。両眼からあふれる涙を懐紙で押さえながら、

「殿……お悔やみを申し上げます」

「死んだか。死んだか。死んだのか」

うつろな調子で、斉貴は何度も繰り返した。

「内蔵、泣くなよ。生者必滅会者定離とは仏法の尊い教え。親の身として、さも……いや、斉貴も泣かぬのだ、そのほうもそれほど悲しむにも及ばぬ」

ややあって語調を変えた斉貴は、

「三十日の喪が過ぎたら、楓には暇《いとま》を申しつけよ。もはや、あの女は当家にとってはただの側妾にすぎないのだ……」

7

「内蔵……」

切れ長の目にあふれんばかりの涙をたたえた楓の方は、無量の感をこめて内蔵之助の方を見つめた。

「お部屋さま、つつしんでお悔やみを申し上げます。家中一同、亀千代さまのご逝去をおいたみ申さぬ者はございませぬ」

「はかないものよ、人の命というものは」

「それにつけまして、お部屋さまにちと申し上げたい儀が。しばらくお人ばらいを願います」

余人を遠ざけた内蔵之助は、ずっと膝《ひざ》を進めた。

「楓、さだめてつらかろう、苦しかろう。察しているぞ」

「おまえさん……」

「だが、その上に大事が起こった。どうやら、殿には亀千代がわれわれの間に生まれた子供だということに気がつかれたらしい」

「殿さまが」

「いかにも。おまえには三十日以内に暇をとらせよとの厳しいおことばであった」

「おまえさん、そりゃほんとうかい」

「このような場合に、うそいつわりが申せるものか」

「どうする。どうしたらいいだろうね」

「人間の運命というものは不思議なものよ。順調なときには追い風に帆をあげたよう、何をやってもうまくいくのだが、一度、落ち目になってきたが最後、なにごともいすかのはしと食いちがい、欠けゆく月を見るような」

「丁とはれば半、半とはれば丁。博奕《ばくち》もつかなくなってくればいつまでも目が出ないもんだよ」

二人はしばらく黙っていた。相手の目の中に、みずからの今後の進路を求めんとするかのように。

「それじゃあ、これからどうするつもり」

「任しておけ。やせたりといえども、十八万六千石のお家を預かるこの内蔵之助、めったなことで人に兜《かぶと》は脱ぎはせぬ。詰め腹切らされるその日まで、命のかぎり食い下がって、いざとなったら十八万六千石と刺し違えるまでよ。これも男子の本懐であろうが」

「おまえさん、何か計略があるのかい」

「ある、あるとも。三十日の余裕があれば、まだまだ最後の芝居は打てる。伝家の宝刀を抜くまでのこと。いざとなったら、おまえと二人、手に手をとって地獄に落ちるのも面白かろう」

安藤内蔵之助は、その時、自暴自棄のようななんともいえぬ笑いを浮かべた。

8

下谷二長町、お富の住みか。

お富と早乙女主計は、この夜もひそかに額を集めて、あれこれとこれからの対策を練っていた。

「主計さま、少し気味が悪うございますね」

と、うつむいていた目を上げてお富がいう。

「何がそんなに心もとない」

「あんまり相手が鳴りをしずめましたのが。鳥居、後藤とあろう者が、あの『かしわ』の出会いの一幕以来なんの動きも見せませんのが、かえって気味悪うございます」

「疑心暗鬼は起こさぬがよい。あらしの前の静けさとやら、いずれはふたたび手をかえて襲いかかってくるであろう。それに応じていかなる備えでもとるのが、それが剣法の極意に通ずる。影におびえ、みずからの心の疑惑に捕らえられては、思うような働きもならぬのだ」

「さようでございますね」

お富もじっと考えこんでいた。

「昨夜、曾根俊之輔どのともお目にかかっていろいろとお話を伺ったが、あれから篠原一角も、黒島八兵衛も、江戸には姿を見せぬらしい。遠くへ逐電したのではないかとのことであったが」

「それはそうでございましょう。天下の南町奉行をだまし討ちにしようとしたのでは、大手を振って江戸の市中を歩きもなりますまい」

「ただ、その行き先だが、それが甲州路らしいと申すことであった」

「甲州路――？」

なぜかお富は色を変えた。

「なんだ、どうかいたしたのか」

「いえいえ、なんでもございません。ただ、わたくしも、このあいだ向こうへ行ってまいりましたから」

「甲州路に何かの意味があってのことか」

「いま一歩、一歩と申すところでございました。でも、わたくしの知っております鍵だけでは、宝のありかは知れません。やっぱり、地獄屏風と、死人の銭がそろいませんでは……解けないなぞなのでございました」

お富は寂しそうにうつむいた。

その時である。ひゅーっと高いうなりを立てて、この場へ飛んできた一本の矢。

「危ない！」

「お富どの」

二人はぱっと身をかわして、雨戸の端に突き立った白羽の矢を見つめた。

矢文である。またしても、まぼろし小僧の矢文であった。

主計は、その矢を引き抜き、矢文を開いて行燈《あんどん》の光にかざした。

〈とり急ぎ一筆。

地獄屏風の半双、出雲家より寿屋重右衛門の手に渡り、さらに転じてそれがしの手に入って候。今夜お渡し申すべく、音羽朱桜の文吉の寓居《ぐうきょ》までお越しくだされたく。

早乙女主計どの

お富どの〉

例によって、簡単な走り書きの手紙であった。

「大丈夫でございましょうか。間違いはございますまいか」

お富は不安げに尋ねた。瞑目したまましばらく考え込んでいた主計は、やおら目を開いて、

「参るといたそう。今度の筆跡はたしかまぼろし小僧の直筆と思うが、よもや謀られることもあるまい。たとえ鳥居のたくらみにせよ、それがしがついていさえすれば、めったなことではそのほうに危害を加えさせぬ」

と答えた。

9

だが、音羽護国寺に近づくにつれて、主計は次第に不可解な胸騒ぎをおぼえてきはじめた。

何かある。またしても、自分の前途には、容易ならぬ危難がひそんでいるような気が

する。

主計は、目あての家にあと二、三町というところで、駕籠を乗り捨てた。

「これは！」

彼の口からは、思わずため息まじりの一言が飛び出した。

向こうの辻も、こちらの小路も、提燈を伏せ、十手捕り縄、刺股梯子《さすまたはしご》の捕具に身を固めた捕り手の一隊がひしめきあっている。

ちょっとやそっとの捕り物沙汰とは思えないこのいかめしさ。

「主計さま、どういたしたのでございましょう。この捕り方たちは、何をねらっているのでございましょうか」

その体にとりすがるようにして、お富は尋ねた。

「これはただごとではないぞ。よもや、われわれを捕らえんとするのに、南町奉行所がこれだけの備えを立てる法はない。おそらくは、まぼろし小僧捕縛の目的でもあろう」

「まぼろしを！」

「さよう。これはめったにあの住まいへも近づけないぞ。あの場で捕り手を受けたなら、今度こそ、われわれも申し開きが立たないのだ」

「でも、せっかく地獄屛風が手に入るばかりになりましたのに……」

「と申して」

「参ります。わたくし一人でも参ります。たとえ盗賊なればとて、わたくしにとりましては実の兄、とても見殺しにはできません」

「待て！　待たぬか！」

主計も必死にお富の袂《たもと》を押さえていた。

「お富どの、短気は起こさぬ方がいいぞ」

その時、後ろから声をかけた者がある。振り返ってみると、それは曾根俊之輔なのだった。

「まあ、曾根さま！」

「今夜の捕り物はどんな次第でございます」

二人のことばに微笑を浮かべた着流し姿の俊之輔は、

「南の手の捕り物だからこちらは高見の見物だが、ちょっと心配になって出てきたというわけだよ。まぼろし小僧が無事にこの囲みを破るかどうか、これはひとごとながら気がもめる」

「それでは、やっぱりまぼろし小僧はあの屋敷に……」

「いるらしい。たしかにいるにちがいはないが、網を投げる潮時がむずかしいというわけだろう」

ひとり言のようにつぶやく間に、

「それ、かかれッ」

呼び子の笛の音とともに、今の今まで鳴りをしずめ、満を持していた捕り手の一隊は、叫びをあげて、あの家めがけて殺到していった。

10

「主計さま！　俊之輔さま！」

「ならぬッ！　ならぬッ！」

主計の握る袂を振り払って捕り手のあとを追おうとするお富を、俊之輔は血相を変えてさえぎった。

「何をするのだ。そのほうは大事の身ではないか。たとえ兄、いや、まぼろし小僧の身に万一のことがあっても、そのほうさえ無事なら、あとはなんとでもなること。それなのに、そのほうまで血気にはやってなんといたす」

お富はわっと泣き崩れた。

「御用！　御用！」

「それ、逃がすな！」

三人の悲痛な姿をあざわらうように、捕り手の叫びはあるいは近づきあるいは遠ざかり、打ち返す大波のように響いてくる。

「捕った！　捕った！」

ひときわ高い呼び声とともに、

「そちらだぞ！　逃すなよ！」

という叫びがどっと上がって、右往左往する捕り手の群れがはるかかなたに見受けられた。

その時、ひらりと、三人の目の前の軒の上から飛び降りてきた影がある。袖をちぎられ、入れ墨の桜の上に血をにじませた朱桜の文吉なのだった。

「遠山さま！」

「おお、主計どの、お富もか」

血走った目で二人の方を見つめた文吉は、曾根俊之輔の姿を認めて、はっとしたようだった。

俊之輔は軽く頭を下げて、

「殿、よいところでお会いいたしました。今夜あの屋敷に南の手が入りますと聞いて、万一お怪我でもあってはと、ここまで出向いておりました。まずはお駕籠に」

と、押しこむように文吉を待たせておいた駕籠に乗せると、すばやく駕籠かきに言いつけた。

「日本橋まで、急いで参れ。主計どののお富どのも早く」

事の子細は知らなかったが、圧倒的な俊之輔の気迫に打たれ、二人が跡を追おうとしたとき、ばらばらと前の方から現れた捕り手の一隊が、駕籠を押さえて押し戻した。

「その駕籠には不審がある。待て！」

「これは異なことをいわれるものよ」

進み出た曾根俊之輔は、捕り手の一隊を見まわしながら言い放った。

「南町奉行所のお方とお見受け申したが、不肖なれども拙者も北町奉行所の禄《ろく》をはむ同心曾根俊之輔、高貴の方のお供をいたして、ただいまこれに差しかかったところであるぞ。この駕籠の中を改めるとおっしゃるのも御身らの役儀なら、お断りするのも拙者の役目柄。刀にかけても、その言い分は通すわけには参り申さぬ」

「何を……」

「文句があれば、明日、奉行所に参るがいい。曾根俊之輔は逃げも隠れもいたさぬのだ。まさか、これだけの人数の中に、拙者の顔に見覚えのある者が一人もないとは申されまい……」

まぼろしの最期

1

「曾根俊之輔どの、しばらく待たれよ」

剃刀《かみそり》同心の一喝に、たじたじとなった捕り手の群れをかき分けてその場に姿を現したのは、南町奉行所同心三村鉄之丞《みむらてつのじょう》、奸雄鳥居の配下でも一、二といわれる才人だった。

「これは三村鉄之丞どの、久方ぶりの対面だな」

「いや、当方こそ」

平服、着流しの曾根俊之輔と、袴の股立《ももだ》ちを高くとり、鉢巻き、たすきがけの鉄之丞との間には、たちまち冷たい殺気が流れた。

「なるほど、たしかに曾根俊之輔どのにまぎれもないが……貴殿はなんの権限でこの男を助けられたのだ。いやさ、だれと思ってこの男を」

「はばかりながら、北町奉行遠山左衛門尉景元さまのお供をつかまつる拙者であるぞ。

刀にかけても、この駕籠をそちに渡すわけにはまいらぬ」

「ははは、剃刀同心といわれた曾根どのも、このごろはこれに居並ぶ女狐男狸《めぎつねおだぬき》にでもたぶらかされたか。ご自慢の眼力にも、ちっと狂いが来たとみえる。これが遠山左衛門尉さまかさにあらぬか、それがわからぬ同心でお上の十手が預かれるのか」

「それは異なことを申される。それでは、貴殿はこの駕籠の主がだれだといわれるのだ」

「朱桜の文吉、一名まぼろし小僧！」

「はっはっは、はっはっは」

曾根俊之輔は大目開けて笑った。

「拙者の眼球に曇りがきたといわれるなら、南町奉行所のお歴々の目は節穴も同然だ。恐れ多くも、遠山左衛門尉さまが下賤の輩に身をやつし、江戸の下情を探られることは、いまに始まったことではない。今夜もご微行のお姿でこのあたりにおいでになったまで。十手を預かるそれがしがこうして供もいたしたのがなによりの証拠ではないか。それをまぼろし小僧とは、いや、片腹痛いにもほどがある」

「それでは、遠山左衛門尉さまがなんで鼠賊《そぞく》一味の隠れ家に姿を現されたのだ」

「お奉行さまをその隠れ家で捕らえたのか」

「いや、それは……」

「さもあろう。かかる大捕り物の場とも知らずこのあたりに姿を現されたのが、お奉行さまの不運と申せば不運であった。身のあかしをお立てになるは造作もないが、忍び姿で南町奉行所の捕り縄に万一かかることがあっては事も至って面倒と、ここまで逃げてこられたのだ」

「よし、そこまでのめのめいうのなら、一応、遠山左衛門尉さまとご挨拶もいたそう。その駕籠のすだれをあけて見せてくれ」

「ならぬ」

「なぜ、ならぬ」

「かかる路上で、しかもお忍びの姿で、十手捕り縄に囲まれて罪人扱いをされたのでは、北町奉行所に仕える拙者、腹を切っても追いつかぬ」

2

二人の舌戦はなお続いた。

口舌の争いとはいいながら、二人とも両奉行所を背負ってのたてひきだけに、いまさら後にもひけなかった。

白刃をまじえての闘いにもまさる殺気がその場を包み、早乙女主計も、人魚のお富も、刀の柄に手をかけて、三村鉄之丞の動きを見守っていた。

それを包んで、十手捕り縄、梯子《はしご》刺股《さすまた》、南の捕り手が十重二十重、一触即発のいかめしさ。

「なるほどのう。この奉行にしてこの同心、いや、曾根どののお心がけも見上げたもの、拙者ほとほと感服いたしした」

なぜか相手は下手に出た。

「しかし、一言釘《くぎ》をさしておかねばならぬことがある。万一、この駕籠の男が遠山さまではなくまぼろし小僧であったなら、御身はいかがなさる気だ。その期にのぞんで、大罪人をお奉行さまで押し通しては、誤りだったではすみませぬぞ」

「いわでものこと。万一そのような場合があったら、拙者も腹を切っておわびをつかまつろう」

「しかと」

「武士のことばに二言はない」

三村鉄之丞は唇の端をかすかにゆがめて笑った。

「よし、そこまで貴殿がおっしゃるなら、いかにも、この駕籠の男は……遠山さまでもござろうが……拙者も、役儀の手前もあり、このままにはいたされぬ。路上はともかく、この駕籠を一応あらため申したい」

「ほほう」

曾根俊之輔の顔からもさっと微笑の色が消えて、

「まだお疑いのご様子だが、命をかけての拙者の保証をまことと思われないのなら、なんと申しても致し方ない。しかし、三村どの、もしこれが遠山さまであったらなんといたされる」

「うーむ」

「拙者ばかりに命をかけてよいといわれるのか。これは近ごろ迷惑千万であろう」

三村鉄之丞もついに覚悟を決めたらしかった。

「よし、それならば、拙者も首を進ぜよう」

「しかと……」

「武士のことばに二言はない」

「よし！」

ついに、この場の争いは、のっぴきならぬところまで押し詰められてしまった。曾根俊之輔が切腹するか、三村鉄之丞が首を渡すか――単なる意地の張り合いではない。南北両町奉行所の冷たい死闘が、いまこの二人の対決に鋭く暴露されたのだ。

「それでは、駕籠を改めるぞ」

鉄之丞は駕籠のすだれに手をかけようとした。

「待て！　待たれよ」

「臆《おく》したのか」

「そうではない。ここは路上、席を改めて、と申したいのだ」

「それでは、場所は」

「桂林寺《けいりんじ》の本堂なり、庫裏を借りてのことにいたそう。ここからわずか二町の距離、よもやいやとは申されまい」

「よかろう。曾根俊之輔どのともあろうお方が、ここで切腹もできまいからな」

相手はかすかに笑いを浮かべた。

3

駕籠わきに従うものは、曾根俊之輔、早乙女主計、人魚のお町、それに三村鉄之丞。まわりを包む捕り手の一隊。

だれもものをいう者もなく、駕籠は静かに桂林寺へ向かった。

わずか二町あまりの距離が、主計にも、お富にも、何十里かと思われた。

はたして、この男はだれなのだろう。朱桜の文吉なのか。遠山左衛門尉景元なのか、それともまぼろし小僧なのか。

だが、泰然自若、眉ひとつ動かさぬ曾根俊之輔の顔色からは、それを推し量るすべもなかった。

駕籠は進んだ。いったん誤れば阿鼻叫喚の巷となろうかもしれぬ危機をはらんで、駕籠は静かに山門をくぐった。

当時の幕府制度によれば、町方役人が寺に踏み込む権限はない。捕り手の一隊は、囲みを解き、ばらりと周囲を取り囲んだ。

従うものは四人だけ。

「待て！　ここで駕籠から降りられよ」

山門をくぐるかくぐらないうちに、三村鉄之丞は刀の柄に手をかけて言い放った。四対一の劣勢となっては、どんなことが起こるかと、不慮の事態に輸えたのであろう。

「よかろう。殿、それでは……」

曾根俊之輔は静かに駕籠のすだれを開けた。

よろめきながら現れた朱桜の文吉は、血の気もまったくない顔だった。髪は乱れ、目は血走り、踏みしめる足もとさえもよろよろと、曾根俊之輔の方を見つめて立っていた。

「殿、事の子細は駕籠の中でお聞き及びでもございましょう。ご身分をおみずからお明かししたくは存じますが、まずは庫裏にてお召し替えの上で……」

「逃がすつもりか」

進み出て、三村鉄之丞は一喝した。

「逃がしはせぬ。御身自身が付き添われよ。拙者たちはこれにてお待ちつかまつる。ご疑念の節は、なんなりとお尋ね願いたい」

「よし、参ろう」

朱桜の文吉と鉄之丞は、肩を並べて、静かに庫裏の方へ消えた。

小半刻《こはんとき》（三十分）、半刻（一時間）と、不気味な時は流れていった。主計も、お富も、俊之輔も、身動きひとつできなかった。

だが、よろよろと現れたのは三村鉄之丞一人であった。

「いかがなされた、三村どの」

曾根俊之輔の鋭い問いに、相手はべたりと地上に手をつかえて、

「曾根どの……面目次第もない……」

「面目ないとは」

「たしかに遠山さまであった。みどもの誤りであった。この上は、この首を……」

大きくため息をついたかと思うと、俊之輔は会心の笑みを漏らした。

「いや、君子は誤って改むるを恥とせずとやら。誤り見違いはいかなる器量人でも避けられぬところである。三村どの、お手を上げられよ」

「えっ、では……」

「誤りを誤りと悟られればそれで重畳至極。いまさら貴殿の首をいただいてもしかたないことであろう。主計どの、お富どの、いざ参られよ」

二人をうながして、俊之輔は静かに庫裏に足を運んだ。

4

「俊之輔、今宵《こよい》の働き、大儀に思うぞ」

紋付き袴の遠山左衛門尉景元は、大刀を提げて庫裏の一間に立っていた。べたりとその前に平伏した曾根俊之輔は、さすがことばもとぎれとぎれに、

「面目……次第もございませぬ。拙者も、今夜という今夜は、命をかけての大芝居、万一仕損じたるときは、この腹一つかっさばいて、罪をこの一身に引き受け、おわびつかまつる所存でございました」

「いや、あっぱれの腹芸であった。それがしもすわやと思ったが、三村鉄之丞もねらいをつけた当の相手が遠山景元だったと知っては、座に居たたまれぬ様子であった」

「彼も命をかけておりましたこと……その狼狽も無理はございますまい」

遠山左衛門尉は、静かに主計とお富の方をながめながら、なぜかうるんだ声でいいだした。

「主計、お富、そのほうたちにひとめ会わせてやりたい者がある……北町奉行遠山左衛門尉としては、会えとはいえぬ。捕らえて縄をかけてやらねばならぬ男だが、先ほどからの捕り物に脾腹を打たれてしょせん長くはない命。ことに、仏寺の境内には町奉行の手も及ばぬこと。会って名残を惜しむがいい……」

「兄に……ございましょうか」

人魚のお富はにじりよって、遠山左衛門尉の顔を仰いだ。

「いかにも……」

「まぼろし小僧でございましょうか」

「そのとおり。まぼろし小僧、一名朱桜の文吉と申すもの」

「あっ」

主計は思わず叫びをあげた。朱桜の文吉とは、遠山左衛門尉景元の忍びの名ではなかったのか。自分は今までそれとも知らずに、まぼろし小僧を北町奉行と信じて動かされていたのか。そしてまた、三村鉄之丞はどうしてこの場で欺かれて去ったのか。

「不審に思うのももっとももながら、彼まぼろし小僧は、それがしさえ不思議でたまらぬほどに、それがしに面体が似ていたのだ。その場に同時に現れねば、同一人といいたても怪しむ者もないほどだった。彼はその特長をこの上もなく利用していた。それがしと同じ桜の入れ墨をしてまで、それがしに似通わせようとしていたのだ」

　遠山左衛門尉のことばは続いた。

「世をはばかる怪盗賊徒のたぐいが天下の北町奉行の名をかたることは、お上に対しても恐れあり、憎みてもあまりある所業であった。さりながら、曾根俊之輔のことばもあり、その行為の陰にひそんでいる一片の義心をめでて、それがしも今までは見て見ぬふりをしておいた。今宵も、そのほうたちの志をめでて、曾根俊之輔のことばどおりに、みごと吹き替えの一役を買って出て、三村鉄之丞は追い払ったが……お富、その隣の部屋の襖《ふすま》を……」

「はい」

　涙ながらにお富の開いた襖の陰には、遠山左衛門尉を鏡に映したかと思われる朱桜の文吉――まぼろし小僧が、息もたえだえに、色青ざめて座っていた。

5

「お富！」

「兄上さま！」

二人は手に手を取ってすすり上げた。

「会いたかった……晴れて兄妹の名のりがしたいとは、かねがね思っていたことだった……しかし、こういう汚れた身では、泥棒稼業に落ちこんだ身では……兄と呼ばれ、妹よと呼ぶ気には、どうしてもなれなかった……」

「兄上さま……何を、何をおっしゃいます。これも仇《かたき》を討とうため、家名回復のためではございませんか。お富もこうしてやくざ稼業に身を落とし、人魚のお富と呼ばれる女になり下がりました。それも兄上さまを探すため……女の一念からでございましたのに」

「それならばいい。まだそれならば救いもある……しかし、おれは地獄へ落ちたのだ。

たとえ目的は何にもせよ、その手段にはみずから選ばねばならぬ限度があった……おれは、敵へののろいから、悪鬼となってしまったのだ。越えてはならぬ一線を、ついに踏み越えてしまったのだ……」

苦しみもだえながら続けるまぼろし小僧のいまわのことばに、早乙女主計もただ暗然と顔をそらせるばかりであった。

曾根俊之輔の表情も、暗く鉛のように重かった。まぼろし小僧と知りながら、何度か打った大芝居。天下国家のためとはいえ、職を賭し、命をかけてのはなれわざ、その当の相手が、今ここで断末魔の苦悶にあえぐ姿を見ては、彼の心中もおのずから安からぬものがあったであろう。

「兄上さま……ほかになにか……」

お富は必死に兄のことばを促した。自分たちをこうしてここまで招き寄せた地獄屛風の最後の秘密、それを聞き逃しては、自分の悲願もむなしくなる！

まぼろし小僧は目のあたりにかすかな笑いを浮かべていた。

「むなしいものだ……いまわのきわに追いこまれては、黄金百万貫もちりあくたほどの価値さえ残っていない……鳥居を倒し、後藤三右衛門を倒したところで、もう金座後藤の正統の世に出る望みは絶えたのだ……お富、お富、つまらぬ夢は忘れるがいい」

「なんとおっしゃいます」

「女としての幸福を求めるがいい……おまえは若い。やくざ稼業に身を落としたとはいっても、まだ体も心も汚れていない……地獄の責め苦は、この兄一人で十分ではないか」

「兄上さま、地獄絵巻の秘密は……あの隠し場所は……」

「まだそのような夢を追う……おまえもやっぱり地獄の妄執からめざめてはいないのか……」

最期の時は近かった。震えわななく手を上げて、まぼろし小僧は血と汗によごれた腹巻のあたりを指さした。

「これ、ここに……」

「兄上さま……」

「黄金や復讐に目をくらますな。女としての幸福を……お富、忘れるではないぞ……」

がくりと首が落ちていった。

「兄上さま!」

「まぼろしどの！」

お富も主計も必死にその手にとりすがったが、もはや死者をよみがえらせるすべもなかった。

「南無……」

曾根俊之輔も、遠山左衛門尉景元も、悪人とはいえ、いまは彼岸を越えた身の、金座後藤の正統の子、まぼろし小僧の最期の姿に、思わず合掌せずにはたえられなかった。

6

「たわけめが！」

三村鉄之丞の報告を耳にした鳥居甲斐は、満面朱を注いでいきりたっていた。

「またも大魚を逃したのか。まぼろし小僧と、遠山左衛門尉景元と、面体相似ていることは、そちも承知のことではないか」

「恐れ入ります。しかし、たしかにあの男は遠山さまに相違もございません」

「だからたわけと申すのだ。駕籠を改めると言い出したまでは上出来だが、それからあと、ずっと目を離さずにおったのか」

「いや、衣装を改めると申されたので、次の間に控えておりましたが」

「その間に、まんまと入れ代わりおったのだ。遠山左衛門尉が現れて、まぼろし小僧が姿を消す、そのほうがたぶらかされたも無理はないわ。なぜ、いま一度踏み込まなんだ。まぼろし小僧を引っ捕らえ、遠山左衛門尉を失脚させ、曾根俊之輔に詰め腹切らすこの上もない機会だったではないか」

うなだれきった鉄之丞は、消えも入りなん声で答えた。

「申し……わけもございません。この上は、この腹ひとつかっさばいて……」

「ばか者め!」

甲斐はするどくたたみかけた。

「死ぬるはやすいことながら、いまそのほうが腹を切ったところで追いつくことではないぞ。幸いに、地獄屏風の半双はあの隠れ家で手に入れた。まぼろし小僧の正体もこれでわかったと申すもの。あとはお富をひっ捕らえ、有無をいわせず自白させれば、最後の勝利はこちらのもの。捨てる命があったなら、それを鳥居にくれるがよい。命にかけて手柄を立て、今度の失敗の償いをするのが武士の覚悟だと、そのほうは考えおらぬのか」

「恐れ……入りました。万死に値します失策ながら、おことばに甘えて、三村鉄之丞、きっと地獄屏風の秘密は探り出してお目にかけます」

「よくいった。お富からもう絶対に目を離すな。日時も費用もいとはせぬ。江戸を離れるようだったら、京大坂はおろかのこと、唐天竺《からてんじく》までも追っていけ。最後の時まで斬ってはならぬぞ」

「最後の時と申されますと」

「知れたこと。黄金百万貫の秘密が知れたその時こそ、お富は生かしておけぬのだ」

「かしこまりました」

「では、行くがよい」

「ははっ」

三村鉄之丞が膝行《しっこう》して去ったかと思うまもなく、一人の与力が血相変えて入ってきた。

「申し上げます」

「なにごとじゃ」

「寺社奉行の方より手をまわし、桂林寺の境内を取り調べましたるところ、まぼろし小僧の死体を発見してございます」

「死んでいたのか。違いはないか」

「たしかに彼にございました」

「して、和尚《おしょう》はなんと申しておった」

「窮鳥懐中に入れば猟師もこれを殺さずとか——傷を負って境内へ逃げ込んできた者は一応の介抱をしてとらせるのが仏法の教えと思って手当をしてとらせるうちに、息をひきとったとか申します」

「うーむ。そのことばの真偽はいまだわからぬが、いずれにもせよ、江戸表にはこれで憂いの種が一つ減ったと申すもの……大儀であった」

7

いつの間にかしとしとと降り始めた雨が四日あまりも降りつづけ、みるみるうちに江戸は秋色を帯びてきた。

秋祭りの太鼓の音が、どこからか煙雨の中を流れてくる。露のような降りみ降らずみの細雨が、突然ばらばらと雨脚はげしく屋根の鬼瓦《おにがわら》に降りそそいだと思うころ、出雲松江家下屋敷の通用門から一丁の女乗り物が担ぎ出されてきた。

合羽《かっぱ》、饅頭笠《まんじゅうがさ》のいでたち、刀の柄に油紙をかけ、駕籠わきに付き添う四人の武士の姿にも、どこかわびしい影があった。

世が世ならば、お世継ぎお腹の方として、十八万六千石の出雲家に飛ぶ鳥を落とす権威をふるった妖妃、楓の方も、長のお暇を賜った今となってはただの女――もと芸者、小扇にすぎなかったのだ。

四人の武士に駕籠わきを守らせたのも、いまはともかく、昔の情を忘れえぬ松平斉貴のせめてもの心やりでもあったろう。

駕籠に揺られる楓の心も暗かった。事が露見の暁には生きてこの門を出られぬ身とは思っていたにもせよ、抑えきれない憤怒の情が、あらしのようにその心中をかき狂わせた。

――いま少しのところだったのだ。あの時、亀千代があしてわけのわからぬ業病にとりつかれさえしなければ、自分たち二人の望みも達せられたのだ。

——自分の子供に世を継がせ、十八万六千石の母親としての栄華は思いのまま、ほんのわずかのきっかけで……。

死児の冥福を祈るような、そんな安らかな気持ちにはなれなかった。かえって、時ならず世を去った子に黒いのろいをふりかける、そんな気持ちになっていた。

地獄の妄執、色と欲との煩悩から、この女もまた解放されてはいなかったのだろう。

駕籠は進んだ。煙雨の中を音もなく、楓の心をむしばみながら。

安藤内蔵之助の最後のことばが毒蛇のように彼女の胸をかんでいた。

——亀千代は病死ではなかったかもしれぬ。斉貴の命によって、命をたたれたかもしれぬのだ。毒をもって毒を制する。みずからの子でないことを知ったなら、それぐらいのことはあるであろう。

これからの生活を保証する下され物や、慰めのことばも、いつわりのものとしか思われなかった。

駕籠が進むにつれて、出雲家から離れていくにしたがって、楓の顔は次第次第にこわばっていった。鬼女の形相さながらに、楓は震えおののく手で水晶の数珠をひきちぎった。

8

駕籠は、深川の『しのぶ』という芸者屋の前で止まった。

「それでは、お部屋さま、ずいぶんお達者でお暮らしくださいますよう。これにてお暇つかまつります」

「ご苦労、大儀であった」

おそらく、これが武家屋敷ことばの使いおさめであろう。二度とお部屋さまと呼ばれることはないのであろう。

そう思いながらも、去っていく駕籠を見送る楓の目には、熱い涙が浮かんでいた。

ばたばたと玄関まで飛び出してきた二、三人の女たちも、しばらくはものをいいだす元気もなかった。あわれみと同情のまじったまなざしで、楓の姿を見つめていた。

「姉さん……」

楓の妹、この家の主人、小菊が声をかけた。

「小菊ちゃん」

「姉さんもずいぶん苦労なすったのね。やせて、お顔の色が悪い……さあ、奥へ入ってお休みなさいな」

「ありがとう。そんなやさしいことばは、はじめて聞いたわ」

「姉妹ですもの。ここは姉さんの家ですもの、なんの遠慮もいらなくってよ」

力なく玄関へ上がった楓は、茶の間の長火鉢のわきにぺたりと横ずわりに座った。

「やつれたのね」

「そうかしら」

「こういう稼業をしていた姉さんが大名屋敷へ入っては、ずいぶん窮屈な思いもなさったことだろうと、陰ながらお察ししていましたわ。いろいろと積もる話もあるけれど、まあ二、三日はゆっくり足腰をのばしてお休みなさいまし」

「ありがとう。でも、そうしちゃあいられないのよ」

「どうして」

「旅に出なくちゃならないの」

「旅にでですって。どちらへ」

「まだわからない。ともかく、この髪を結いかえて、知らせがあり次第、立たなくっちゃあ」

楓の胸には、阿修羅《あしゅら》のような安藤内蔵之助の姿が焼きついて離れなかった。

——男の意地でも、黄金百万貫の秘密は自分の手に取り戻さずにはおかぬぞ。主計も斬ろう。お富も斬ろう。松平斉貴の命を縮めても、鳥居、後藤の非をあばいても、安藤内蔵之助は犬死にせぬぞ。十八万六千石とかけがえなら、男一匹死んでも冥利に尽きようぞ。

それは、もはや人間の姿ではなかった。希望を失い、妄執に心を焼かれた悪鬼の姿にほかならなかった。

そのような男に心を奪われてみずからの行動を律することもできないとは、自分も魔性の一人であろう——と、楓も寂しく思うのだった。

「楓さまはもうお着きでございますか」

玄関にたたずむ男の声があった。

「安藤さまより火急の書状でございます。じきじきにお渡しいたしとうございます」

9

秩父《ちちぶ》街道、飯能《はんのう》の宿——

朝霧をついて、今この宿のはずれにさしかかった二人の男女の姿があった。

早乙女主計と、人魚のお富の二人である。

深編み笠に草鞋《わらじ》がけ、旅装束に身をやつした主計にぴたりと寄り添うお富は手甲脚絆《てっこうきゃはん》のいでたちもりりしく、はた目にはちょっと奇妙な道行き姿とも見える。

二人はどこをさして行くのだろうか。それはたしかにまぼろし小僧のいまわのことばによって明らかにされた黄金百万貫埋蔵の地、後藤家代々の秘庫を目ざしていることに、疑う余地はなかったのだ。

「お富どの、疲れはせぬか。昨日からだいぶ草鞋の緒が足に食い込んでおったように見えるが」

「いや、わたくしの方は大したこともございません。あなたさまこそ、なれぬ道中、さだめてお疲れでございましょう」

「何を申すか。これしきの道中で疲れをおぼえるようでは、いざという場合に武士としてひとかどの働きはできはせぬ。そなたこそ、なれぬ旅路に疲れたであろう」

ちゃりん、ちゃりんと鈴を鳴らして、そのとき一頭の馬がさしかかった。

「お武家さま、馬はいかがでございます。次の宿まで五百文で参りましょう」

「みどもはいらぬが……」

と、主計はお富を振り返った。

「これから先も長い旅、このあたりであまり手間どってもなるまい。そなた、この馬に乗るがよい」

「でも……」

「遠慮は無用じゃ」

「それでは、おことばに甘えまして」

お富は馬上の人となった。ちゃりん、ちゃりんと朝霧にのどかな鈴の音が響いて、よそ目には仲のいい若夫婦の道中とでも思われる平和な二人の姿であった。

「お武家さまはどちらまでおいででございます」

「正丸峠を越えて、秩父の奥へ入るのだが」

と、主計が言いかけたときだった。道ばたの石に腰かけていた一人の旅装束の武士が腰をもたげて一礼すると、

「まことに失礼ながら、たばこの火をお借りしたい。火打ち石の持ち合わせはござるまいか」

と、ことばをかけた。

「さあ、どうぞ」

なにげなく主計が腰を探ったとき、

「えいッ」

烈火の気合いもろともに、その相手の武士が居合いの一撃、ひゅーっと主計の袖をかすめ、危うく横胴を斬りぬかんとした。

「危ないッ！」

抜き合わす暇もなく、横っ飛びに飛んで間一髪に危難は避けたが、この騒ぎに驚いた

馬は、いきなり狂いだし、お富を背にのせたまま宙をけって、街道を一目散に駆けだしていった。

主計はそれをとどめる余裕もなかった。

「何者だッ、名のれ！　そのほうに恨みを買おう覚えはないぞ」

国広の太刀が主計の手にひらめく。

「そちらに覚えがなくても、こちらには訳があるのだ。早乙女主計、逃しはせぬぞ」

「拙者の名前を承知とは、さては鳥居が配下の者か」

相手はなんとも答えなかった。ただじりじりと間をはかって、後へ後へとしざっていった。主計はただちに見てとった、音に聞こえた使い手というではないが、一応使える太刀筋と。

ただ心配なのは伏せ勢だった。一人と一人の相手なら、二、三合、太刀をまじえる間には斬って捨てる自信もあったが……。

その心配は事実となった。相手の退いていく方角の小さな社の森陰から、たちまち数人の武士が姿を現した。

10

みだりに事をかまえては不利と主計は見てとった。とたんに躍り上がったかと見る間もなく、峰を返して一撃を当の相手に浴びせかけた。

「うわあーっ」

ほんとうに腰車を斬り割られたと思ったのか、悲鳴を上げて倒れる相手を飛び越えて、主計は走った。

「追え！　追えッ！」

「逃すなよ！」

神社の森を走り出た武士たちは、ひとかたまりとなってその跡を追った。

「来るか」

杉の木立を後ろにとって、主計は構えた。

「早乙女主計、覚悟ッ！」

ふたたび追い迫る剣陣を、主計は右に左にと払いのけた。

「少うしばかり使えるようだが、拙者の命をねらうほどの腕はなさそうだな」

主計は余裕を持っていた。

「帰れ！　命ばかりは助けてやろう。それとも、この国広の一刀が味わいたいか」

少し役者が違っていた。気をのまれた相手は、円陣を大きくゆるめて、なにを、おのれ、とののしるばかり、進んで斬りかかけようとする者もない。

「おくびょう者めら」

主計は、抜き身を提げたまま、ゆうゆうと秩父街道を西へ向かって歩きだした。

追う者もない。人々は、朝霧の中にのまれていく後ろ姿を、ただ呆然と見送っていた。

「残念だが……またの機会を待つとしよう」

中の一人がつぶやいた。

「ここは地の利が悪すぎる。なんの、主計の一人や二人……」

追ってくる者の姿もないのを見きわめて、主計は刀を鞘に納めた。

お富の姿は見えなかったが、彼はそれほど相手に不安を持ってはいなかった。ただ、こうして第一歩を踏み出したこの旅が、どういう結末を見ることか――それに一抹の不安があった。

秩父は遠い。だが、この霧が晴れたなら、神秘を包む山々ははるかに姿を見せるだろう。黄金百万貫の秘密が解き明かされるのも遠いことではないだろう。主計は静かにほほえんだ。

風雲地獄谷

1

飯能宿から西北へ、吾野《あがの》を過ぎ、名だたる正丸峠を越え、秩父盆地からさらに歩みを進めると、道はいま人跡まれな山道となる。

御岳山《おんたけさん》を右にながめ、三峰《みつみね》神社を左に見て、中津峡の峡谷をさかのぼると両神山の山麓に地獄谷といわれる秘境が、人の目におき忘れられたように眠っていた。

峨々たる岩石、数知れぬ洞窟、それが地下縦横に入り乱れて天然自然の迷路をなし、その一つにも誤って足を踏み込めば二度と生きては帰れぬという伝説が、いつしかきこり猟人の間に語り伝えられて、このあたりに足を踏み入れようとする者もなかった。

その渓流の断崖に、いま早乙女主計とお富の二人は立っていた。

淙々《そうそう》と岸の岩石をかんで流れる早瀬の音を聞きながら、斧《おの》を入れない原始林の壮観に心を奪われながら、二人の胸中には、おのずから、はろけくも来につるものぞ、の感なきをえなかったことであろう。

思えば長い旅ではあった。剣の林をくぐり、血の河を渡り、屍《しかばね》の山をのり越えて、黄金百万貫の妄執に憑かれた人々と闘いつつ、いまこの地獄谷のほとりに立つ――宿命の紅地獄絵巻もまた、まもなく巻を閉じるであろう。


二人はしばらく黙っていた。大自然の一部のように立ちつくしつつ、抑えてもおさえても大渦のように胸中にわき立ってくる物思いを禁じきれないようだった。

「主計さま、なんとお礼を申してよいやら。女一人でここまでたどりつきましたことは、まったく人間業とは思えぬくらいでございました。神さま仏さまがわたくしの悲願をばあわれとおぼしめしてのことでございましょう。思えば、あのとき深川ではじめてあなたさまにお目にかかりましたのも、いまは亡き祖父、父のおひきあわせでございましたでしょうか」

この瞬間は、お富も思わずただの女にかえっていた。

「何をいわれる。いまさら他人行儀はよそう。だが、百里の道を行く者は、九十九里をもってその半ばとなすということもある。ここまで来れば、と思っても、まだまだ安堵はあいならぬ。百万貫とも、一万貫ともいわれる黄金。それを目で見た人間が、いまこの世に生きていないとすれば、そのどちらかはわからぬが、たとえ一万貫にもせよ、天下に大きく風雪をまき起こさずにはすまない金額――ああして飯能宿でわれらに斬りかけた追っ手の例もあることだし、ここで力をぬくことはかえって失敗の基となりはせぬかと思う」

さすが男であるだけに、主計はそこまで考えていた。これから地獄の秘密をさぐる困難と、宝を発見する困難、その上に発見した黄金を、人目に触れぬようにしてふたたび運び出す苦難と、数えてみれば、これからも、二人が直面せねばならぬ苦心は数えきれなかった。

2

「お富どの」

ふたたび主計はことばを継いだ。

「はい、なんでございましょう」

「あの地獄屏風の呪文はなんとあった」

「わたくしが自分で解いたわけではございません。しかし、わたくしはあの地獄屏風から隠された呪文を読みとる方法だけは教えられてまいりました。ああして非業の最期をとげました兄がその秘密を知っておりましたのも、うなずけることでございます。ああして地獄屏風を手にする機会にめぐりあいました兄のことばを信ずるほかはございませぬ」

「いかにも……」

「両神……山の奥……深く……青竜の岩屋を入りて迷路を右へ……三つ目を左さらに右……地下一丈……に秘庫存す。宝の銭に………心せよ……ゆめゆめ忘ることなかれ」

お富は、低く、地獄屏風に隠されていた、秘密の呪文を口ずさんだ。

思うに、この黄金を世に秘めた金座二代の祖、広世は、二重三重に秘密を守り通そうとして、割り符のように、秘密の呪文を二つに分け、地獄屏風の半双にそれぞれ秘め隠したものであろう。そして、代々の当主には、子々孫々の口づたえに、その呪文をとく鍵、地獄屏風から呪文を読みとる方法のみを伝えようとしたものだろう。

「お富どの、それでは、死人の銭というのは、何の役に立つのだ」

主計はしずかに尋ねた。

「このあたりの絵図を表に、洞窟の中の迷路の図を裏に精細に毛彫りで彫りこんでありますとか」

「なるほどな。それを、この呪文では、宝の銭と申したのか。しかし、それのみにては宝のありかはわからぬのだな」

「そのようでございます」

深慮遠謀、筆舌に尽くしがたい後藤広世のこの計には、さすがの主計も驚嘆を禁ずることはできなかった。

地獄屏風——死人の銭——そして、金座後藤の嫡流の子、この三者がそろわずには、この秘密も解かれることはないのだった。黄金百万貫は永久に地底に埋もれたまま眠るのだった。

「それならばよし。たとえ時はかかるにもせよ、この呪文のとおりに洞窟内を探していけば、秘宝の隠し場所を発見することも決して難事ではあるまい——だが、そのほうは一度はこのあたりまで参ったことがあるのか」

「秩父の奥ということはおぼろ知っておりました。しかし、ここを確かに突き止めますことは、今までできませなんだ」

「ただ一つ、拙者には不思議でならぬことがある……」

「なんでございましょう」

「あの青竜鬼、粕谷小四郎が、なぜこの地獄谷に庵《いおり》をむすんだか——剣の奥義をきわめるために深山幽谷にこもる例は少なくないが、この宿命の地、地獄谷に何年となく住んでいたのは、偶然と思うにはあまりにも不思議なこと——何かのいわくがあるとしか拙者には思われないのだが……」

3

お富もしばらく面を伏せた。ややあって、その意を決したように眉を上げると、

「それはこうではございませぬか。祖父の代に、一度この宝庫の扉を開いたとき、すべてを託して任せたのは粕谷与右衛門——小四郎の父でございました。少なくとも、宝庫

がこの地獄谷のどこかにあるということぐらい、小四郎は知っておりましたでしょう」

「そうであろうが」

「実は、いつかも申し上げましたが、あの人は浜野の甥《おい》にあたります。浜野はわたくしたち兄妹を自分の乳で育ててくれた大恩人、因縁浅からざる仲で、敵味方に分かれるわけはございませぬが――今こうして主計さまが何度か剣を交えるような羽目におなりになりましたのも、悪縁と申せば悪縁、因果といえば因果ながら、一つはあの人が血に狂っていたということにでもなりましょうか」

「血に狂った――？」

「そうとしか、わたくしには思われません。ただ訳もなく、あの人は人を斬りたいのでございましょう。自分の腕をためそうために、自分からこの渦の中に身を投じ、あるいは敵となり、あるいは味方となって、ただみずからの心の満足するままに狂いまわっているのではございますまいか」

「いかにも。そういわれれば、拙者にもうなずける節がないでもない……」

主計も大きくうなずいていた。この青竜鬼と松平斉貴のあいだに、いかなる密約、黙契が存在していたかということは、もとより知る由とてもなかったのだ。

「さあ、お富どの、このあたりであまりぐずぐずとしておっては時が移るというもの、参ろう」

「参りましょう。一刻も早く。その青竜の岩屋と申す洞窟の中を探りとう存じます」

「足もとが危ない、心して参られよ」

滑る足もとを踏みしめふみしめ、手に手をとるようにして、二人は断崖を降りていった。もう、道という道もない。

「向こう側へ渡らねばなりませんのね」

お富はしばらくためらっていた。目の前は巌《いわお》も流す激流が白くしぶきを散らしている。

「うむ」

主計も、唇をかみながら、目の前の早瀬を眺めていた。

川幅は二丈あまりあるだろう。大した距離とはいえないが、地獄谷の名にもそむかぬ早瀬であり、しかも深さもわからなかった。

「拙者が瀬ぶみいたしてまいろう。なにそれしきの流れぐらい、そのほうを背負っても渡ってみせるわ」

袴の股立《ももだ》ちをたくし上げると、主計は、一歩一歩を踏みしめながら、流れの中へ入っていった。

幸い水はそれほどまでに深くないようだった。腰から胸、胸から肩のあたりまで、一度つかったかと思うと、次第次第にその姿は水面の上に現れだしたのだった。

「大したことはないようだ。いま、そちらへ帰ってまいるから、しばらく待たれよ」

と、その叫びのこだまがまだ帰ってもこないうちに、主計は驚きの叫びを上げた。

「お富どの、まだいくばくもたたぬ前に、この道を通った者があるはずだぞ」

4

主計の背に負われて流れを渡ったお富も見た。乾いた土の上に残された大小いくつか入り乱れたぬれた草鞋《わらじ》の足跡は、たしか一刻《いっとき》（二時間）も過ぎぬ以前に、何人かの人間が、自分らと同じようにこの早瀬を徒渉《としょう》したことを示す以外なにものでもない。

「だれで……ございましょう、この地獄谷へ踏み入りましたのは」

お富の顔色が変わっていた。

「きこり、猟人《かりゅうど》のたぐいとは思われぬ。といって、われわれを追ってくる追っ手の者が先まわりをしたということもうなずけぬことではあるし……」

しばらく思案にふけっていた主計は、はっと膝をたたいて、

「お富どの、死人の銭を手に入れれば、宝のありかはわからずとも、この地獄谷付近の地理はわかると申されたのう。ひょっとしたら、それを手に入れた八兵衛たちが……」

主計もさすがにその時は冷たい悪感を感じていた。江戸市中ならともかく、この地獄谷の秘境まで、運命の力はもつれもつれながら、目に見えぬ糸をおりなしてきたのだろうか。前には八兵衛、後には自分らを追う目に見えぬ敵――主計がこうして、いま追いこまれた窮地もまた並大抵のものではなかった。


「お召し物がぬれましたこと――乾かさないではなりますまい」

ぽつりとお富が口を開いた。

「さよう」

とはいうものの、主計としては、その場で火をたくのが躊躇された。兵法の極意、山

相学の奥義からして、そこは危険な場所であった。

「いま少し参るとしよう」

振り切るように、主計はやぶの中を踏み分けて、丘の中腹へ上っていった。

豁然《かつぜん》と視界がひらけて、その先はわずかの平地となっていた。

一宇の庵が立っている——人跡まれなこの山奥に。

はっと、二人は顔を見合わせた。

「お富どの！」

「主計さま！」

これがかつての青竜鬼、粕谷小四郎の住みかだったのか。語らずとも、ものいわずとも、二人は直ちに直感した。

「相手はおるまい。だが、われわれの前に川を越えた者に、この家のありかがわからぬわけもあるまい……これは思わぬ魚がかかるかもしれぬぞ」

主計はそっと刀の肘鉦に湿りをくれた。そして、いつでも斬ってはなたん構えのままに、その庵の方へ近づいていった。

「ごめん、ごめん」

答えはなかった。剣法の奥義をきわめた鋭く研ぎすまされた神経にも、人の気配は感じられなかった。

そっと庵の戸を押すと、その戸は手ごたえなく開いた。

一歩、足を戸内に踏み入れて、主計は啞然としたのである。

いろりにはほだ火が赤く燃えている。そのそばに、火にかけるままに、何かの汁が鍋に入れて置いてある。

いまにも主人が帰ってくるのではないかと思われる様子だった。

「お富どの！　これは彼らの業ではないぞ。八兵衛や、そのような通りすがりの者の仕業ではない。青竜鬼は、いまこの庵に帰っているのだ。いつなんどき、われわれの前に姿を現さぬともかぎらぬのだ……」

5

そのころ、地獄谷の対岸の岩角に、青竜鬼粕谷小四郎は、村正の妖刀をたばさんで、風にうそぶくように立っていた。

そのそばには、狂えるような妖女、浜野が引き据えられて、恨めしげに小四郎を見上げていた。

「なぜわからぬ。叔母上《おばうえ》のような神通力をそなえた身で、この地獄谷のほとりまで足を踏み入れておりながら、なにゆえに宝のありかがわからぬのだ」

小四郎の顔には冷たい憤怒の情が漂っていた。義理も情も知らぬ鬼、たとえ叔母であっても、返事のいかんによっては一刀の下に斬り捨てようとする姿であった。

「小四郎どの、それは無体と申すもの……いくらばばあでも、決して千里眼ではない。巌《いわお》の奥に隠された宝のありかがわかろうはずはないではないか」

「いや、違う。叔母御にはわかっていないはずがない。なぜ隠す。血を分けた仲でありながら、なぜ小四郎には宝のありかが打ち明けられぬ。なぜそのように、お富やまぼろし小僧などに義理を立てねばならぬのだ」

「小四郎どの、そのほうはどうしてそのような恐ろしい心に変わられました」

「なんという」

「そのほうはその宝をいかなる用途に役立てをしようとしておられる」

小四郎は笑った。笑いとも、あざけりとも解釈できる笑い方だった。

「そのようなことは聞くにも及ぶまい。地下百尺に埋もれては、黄金百万貫といってもしょせん死物にすぎぬ。いま日の目にあわせさえすれば、この風雲の世にあって、いかなる役にも立とうもの――いまだに腐れきってしまった家名なんぞに未練を残し、鳥居や後藤への私怨にこだわるお富など、黄金百万貫などを自由にいたす資格はない」

「でも、正統の主ならば……」

「笑止。いったい、この黄金はだれのもの。金座後藤の当主とて、日本全土の支配者ではなかったはず。百両千両のはした金ならいざ知らず、百万貫の黄金を人目につかず集めるには、どのような邪曲があったかいうまでもない。いわば不浄の金ではないか」

「その不浄の金を望まれるとは、そのほうのお心は盗賊にも劣るものともいえますな」

「なんと……」

刀の柄を押さえながら、小四郎はふとためらった。

「叔母御はたしか申されたな。死人の銭か、地獄屏風か、せめてその片方だけでも手もとにあれば、なんとか宝のありかもわかる――別に悪意で知らせぬではないと。しかとさようか」

「いわでものこと。わかるものなら教えて上げたいところだが……」

「よし！」

なぜか、小四郎の口もとには、満足げな表情が浮かんでいた。

「そのことばを忘れるではないぞ。逃げようとしても、遠くへ逃がしはせぬぞ。では、死人の銭をとり返して帰ってまいるといたそうか」

猿のように崖にからんで生えているつるに両手をかけた小四郎は、するすると、切りたったような岩壁を降りていった。

6

小四郎と浜野の立っていた対岸の河岸には、一つの洞窟が大きく口を開いていた。

「おい、一の字、これが白虎《びゃっこ》の岩屋だぜ」

その前に立って口を開いたのは、旅装束の黒島八兵衛だった。

「青竜だろうが、白虎だろうが、朱雀《しゅじゃく》だろうが、そいつはどうでもいいこっちゃねえか。いったい宝はどこにあるんだ。どこに埋もれているというんだ。おまえの口車にだまされてここまでついてきたのはいいが、こんな人里はなれた山の中などで飢え死にのたれ死にをするのでは、拙者は死んでも死にきれんわ」

やぶの中から姿を現した篠原一角が不平顔で答えた。

「ばかなことを。その我慢がなくっちゃ物事は成就しねえや。押し込み強盗たあわけがちがう。黄金百万貫といえばとほうもねえ大金だ。そんなにたやすく人の目につくところに隠していようはずはねえじゃあねえか」

「だが、おまえの自慢の死人の銭にも、その隠し場所は書いちゃあいねえんだろう」

「それをこれからしらみつぶしに探していくのさ」

「気の長い！　拙者は待てん」

「また始まった……」


八兵衛が苦笑いしたときだった。目の上の梢の葉がばらばらとそよいだかと思うと、藤づるに身を任していた粕谷小四郎が大きくつるを振動させて、向こう岸から、二人の目の前七、八尺の岩角に飛び移ってきた。

「黒島八兵衛、篠原一角、わざわざ地獄谷の白骨となりにおでましとは、ご苦労千万」

女のような声だった。いや、そのことばを吐く唇も、女のようにぬれていた。

「なにを！」

思いがけないところから思いがけない敵の出現に、びくりと一度はためらった二人も、やっと元気を取り戻した。

「粕谷小四郎だな。腕のおよそは聞き及んだ。だが、拙者の剣は余人とはちと斬れ味が違い申すぞ。来いッ」

虎徹と村正、斬れ味ならば、これまで人の血をすすりつづけた回数ならば、いずれ劣らぬ二本の刀が鞘を走った。腕におぼえの両人が、間合いをはかり、足場を求めあいながら、じわりじわりと近づくのだ。


八兵衛は、岩角に身を隠して、必死の脂汗を浮かべた。第二の犠牲は自分なのだ。鬼とも思われる相手の腕前はいちばんよく知っているはずの自分だった。そして、あの毒酒のはかりごと以来、死人の銭を奪って以来、和解の道も、妥協の手段も、どこにもありはしなかったのだ。

平地とちがって、岩場だけに、二人の足も重かった。ほとんど動こうともしなかった。わずかに剣先が触れあったまま、二本の太刀は、かすかな息吹とともに、上下に触れた。いま一度大きく太刀が動いたなら、その時はどちらかが朱を吐いて中津峡の峡谷に転落していくときだろう。

一角の息は荒くなった。太刀の上下も大きくなった。それに比べて、小四郎は呼吸も全然乱れなかった。村正の妖剣も微動もしなくなっていた。

勝負あった！　と、八兵衛は思った。

わーっと大声をあげながら、彼は白虎の岩屋へ駆け込んだ。あやめわかたぬ暗黒の洞窟の中へ姿を消し去った。

7

剣先は上がった。小刻みな上下が大きな波動となり、二匹の蛇のようにだだだとからみあったと思うと、ぴーんと紐《ひも》を伸ばしたような衝撃が二人の両手に伝わってきた。

「行くぞ！」

一角は焦っていた。剣先に触れてくる腕の違いは、わずかに紙一重と思い込んだ。その一重、一寸一分のわずかな開きが、絶対的な生死の境地をわかつものだということぐらい知らぬ彼ではなかったのに。

いったん下がった剛刀が、うなりを生じて粕谷小四郎の頭上に飛んだ。

相手はわずかに刀を上げた。風に体を伏せてやり過ごす葦《あし》のように、力も入れずに斜めに刀を流していった。

「あっ！」

がくりと崩れた足もとの岩石に、一角は足場を失って大きく体をよろめかせた。

「覚悟！」

柔から剛へ、突如変わった小四郎の魔剣は息つぐひまもなく、長曾禰虎徹鍛えの太刀を軽く虚空に舞い上がらせた。

「助けてくれ！」

篠原一角はついに悲喝を上げていた。右の岩角をたてにとり、涙を流して哀願した。

「頼む！　頼む！　おまえとおれとは、もともと恨みのある身ではない！　もう手をひく、黄金百万貫などいらぬ！　江戸へ帰って、すべてを忘れて余生を送る……だから、命は助けてくれ！」

「武士らしくもない一言よ」

小四郎は不気味に口をゆがめて笑った。

「腐っている……心も腕も腐っている。だが、拙者はおまえを助けるつもりはない。殺すか、さもなくば殺されるか――これがこの世の定めなのだ。卑怯未練はよすがよい」

「なんといわれても……なんといわれても、命は惜しい！」

「あきらめろ！」

鋭いことばを吐き出しながら、びゅーんと村正の一刀が、白光のように、虚空に、目に見えぬ一線を描いた。

一角はしばらくそのまま立っていた。手を合わせ、哀願の色を浮かべたまま。

小四郎は静かに懐紙で刀をふいた。ぱちりと高く鍔音立てて刀が鞘に納まったとき、がくりと大きく傷口を左の肩下から右の横腹まで見せた一角の体は、岩の上から離れ、もんどり打って中津峡の真上へ落ちていった。

小四郎はもうそのあとを振り返ろうともしなかった。

「白虎の岩屋へ入ったか……」

かすかにつぶやいたかと思うと、やみの迷路を見通すようにしばらくそのまま立って

いたが、

「先まわりをいたそうか」

ひとりごとのように言い捨てて、そのまま岩屋には入りもせず、峡谷に沿ったせまい岩棚を下流の方へたどっていった。

8

先ほど主計とお富とが徒渉して渡った岸の対岸には、十数人の武士たちが一人の女を囲んで立っていた。

楓である。松平斉貴の断固たる処置によって出雲屋敷を追われた妖女、楓の方が、いや、いまは一介の町の女、小扇であった。

「これからどっちへ行ったんだろう」

口のきき方も伝法だった。自暴自棄な気持ちが、今その全身にあふれていた。

おそらくこれは安藤内蔵之助敏数が秘命を授けて派遣したよりぬきの剣士の陣でもあるだろうか。そういえば、飯能宿で主計を襲った侍も、たしかその中に交じっているのだった。

どたどたどたと土煙を立てるように、一人の武士が切り立った断崖を滑り降りてきた。

「わかった！　わかった！」

「どこだ！　あいつらの行き先は……」

「そこに小さな小屋がある。その小さな小屋に入ったらしい」

「よし！」

剣の柄に手をかけて飛び上がろうとする武士たちを小扇は止めた。

「しばらく待った方がいいよ。あの男はわたしがしとめずにはおかないよ」

「でも……」

「大丈夫。あの男には、なんといっても恨みがある……打ち物とっての業ならかなわないかもしれないけれど、これにものをいわせさえすりゃ……」

短銃でも秘め隠しているのだろうか。小扇は帯のあたりに手を差し込んで笑った。

「それでは……」

一同は立ち上がって、けわしい崖をよじ登った。

「あの小屋だね」

「では……」

三方に分かれた十数名の武士たちは、手に手に刀を抜きはなった。

足音を忍ばせ、息をひそめて近づいていった先頭の一人が、ぱっと表の引き戸をけたおした――と見るや、わーっと獣のような叫びを上げながら、一同は怒涛のように小屋の中へとなだれこんだ。

「いない」

「逃げた！」

凄気を帯びた叫喚は、たちまち力の抜けた失望の声と変わった。

9

「愚か者めらが……」

この騒ぎをよそに、林の中からあざけるように笑っていた一人の武士――鳥居甲斐の秘命を帯びて、跡を追った三村鉄之丞だった。

「主計とお富を斬るつもりか……たわけめが。斬って恨みを晴らそうなどとは、安藤内蔵之助もよくよく血迷ったものとみえる。いや、彼の命令か、それともあの女がひとりで頭に血を上らせて騒ぎたてているだけか。いずれにもせよ、名前どおりの地獄谷――阿鼻叫喚の風雲をまき起こすのも遠くあるまい。高見の見物いたした上で、漁夫の利をしめるといたそうか……」

彼がこうして含みの深い笑いを漏らしていたとも知らず、自分たちが去ったあとの庵へ斬りこんだ一団があるとも知らず、もとより粕谷小四郎と篠原一角の死闘のことは知る由もなかった主計とお富は、いま、青竜の岩屋の前に立っていた。

「これが青竜の岩屋でございましょうか」

「絵図面がのうては子細はわからぬが、まず中を探ってみるしかしかたがあるまい」

「でも、大丈夫でございましょうか。中へ入って出られなくなるということはありますまいか」

「その心配はいらぬこと」

主計は二、三度うなずいて、

「兵法に八陣の迷路を破る秘法がある。いかなる迷路、陥穽《かんせい》でも、無事に帰れる方法がある。あの呪文のことばを耳にしたときから、拙者はこの機に備えて、こういうものを準備してきた」

主計は背負い袋から凧糸の塊を取り出した。

「これを入り口に結びつけておく。そして、糸を延ばしながら岩屋へ入っていく。万一、方角がわからなくなったとしても、その糸をたぐって引き返せば、もとの入り口に帰ってくることにはなんの面倒もない。わかったか」

「わかりました」

お富が近くの松の枝にその糸の一端を結びつけている間に、主計は近くの枯れ枝、落ち葉を積み上げて、火打ち石付け木で火を作り、さげ松明《たいまつ》をともしていた。

「参ろう」

お富は、瞳を輝かせながら、ぴたりと主計に寄り添うように、洞窟の中へ踏み込んだ。

中の空気はなまぬるかった。三十歩ほど行くうちに、道は自然に左に折れ、二人の姿は見えなくなった。

その時、ばさりと落葉松の茂みを分けて、粕谷小四郎がこの場に姿を現した。

「来ていたのか。きさまたちまで来ていたのか」

その目は憎悪に燃えていた。

「斬る……今度は斬るぞ。面白い。あの二人がここまでやって来たのは、地獄屏風のなぞを解いてのことだろう。宝のありかを発見させて、その上で有無をいわさず斬り捨てれば……」

ふと、その目は、松の枝に結びつけられた凧糸の上に止まっていた。

「これを斬る……こちらは勝手知った道、向こうは行方もわからぬ迷路……よし！」

腰の小刀、抜く手も見せず、小四郎は松の小枝を切り捨てた。

10

洞窟の中の空気はなまぬるかった。何百年の昔の空気のままではないかと思われる、よどんだ、にごった、むっとする瘴気のような感じだった。

「お富どの、拙者の手をとってまいるがいい。離れてはならぬ。離れるようなことがあってはあいならぬぞ」

「はい」

二人は、握りしめる手を通して、相手の心臓の動きを聞くような気さえした。お富は主計のただならぬ期待を、主計はお富の希望と期待と興奮を。

「糸を離してはならぬぞ。糸をなくしては、われわれも生きてこの岩屋から出られるかどうかもわからぬのだ」

ひくく主計は注意を漏らした。ささやくような小声だったが、天井も低く壁も近い反響のよい洞窟だけに、その声は不気味なほどにこだまして、二人の耳に返ってきた。

「三つ目を左と申したのう」

「はい」

「これがたしかに今までの枝道の三つ目だったが……」

主計は、岩角を手探りしながら、左に曲がった。その瞬間、ばさりと大きな羽音を立てて、天井から離れた黒い大きな影が、お富の顔に飛びついてきた。

「きゃーっ」

さすがのお富も悲鳴を上げて、主計の胸に飛びついてきた。

「動ずることはない。蝙蝠だ。別に恐ろしいことはない」

「そうで……ございましょうか」

「ははは……そのほうもやっぱり女らしいところがあるな。ところで、糸は……」

暗黒の中、その顔色は見えなかったが、お富の声はうわずっていた。

「どうしましょう。糸が、糸が」

「落としたのか。だが、心配するほどのこともあるまい。きっと、そのあたりに転がっているだろう」

松明をさげて、主計は足もとを照らした。だが、意外なことには、糸巻きの姿はどこにもない。たった今まで手にしていたはずの凧糸が、どこかに姿を消していたのだ。

「そちらかもしれぬのう」

主計はもとの角を曲がった。しかし、糸巻きはそこにも見当たりはしなかった。

「そのほう、たしかにここまでは糸は手にしてまいっただろうな」

「決して放しはいたしません。これだけが命の綱と思いつめて、大事に握っておりましたのに……」

「おかしいな。こういうはずはないのだが……」

とっさに、主計の頭の中には、ある恐ろしい疑惑が浮かび上がってきた。

「これはいけない……お富どの、引き返そう。さもないと、われわれは二度と生きて日の目を仰げぬぞ」

「どうしてで……ございます」

「だれかが洞の入り口に現れたはずなのだ。われわれに悪意を持った何者かが、この糸に細工をしたものか――糸をたぐって引き寄せたか」

「まあ！　だれが！」

「青竜鬼か。それとも、追っ手の者なのか」

主計は、お富の手を引いて、もと来た道に引っ返した。

「お富どの。どちらであった。この道は右か左か」

「わたしは左だと思います」

「拙者は右と思うのだが」

目の前には、深い角度で、二つの道が分かれていた。この一つをたどってきたことにはちがいはないのだが、そのどちらを選ぶべきかは、糸のしるべを失った今となっては、容易に決しうることではない。

地獄極楽の分かれ道！　生と死の開きがそこにわかれていた。

主計の鋭い神経にそのとき感ずるものがあった。

自分たちの後方、引っ返してきた方向から、ひたひたとかすかに聞こえる人の足音。

それもまた心得のある足どりだった。

人の足音とは知りながら、主計にはそれが奈落の底へ自分をひきずりこむ地獄の使者であるかのごとく思われてならなかったのだった。

行雲流水

1

二人の後から近づいてきた足音は、ぴたりとやんだ。

一瞬の深い静寂——と思うと、たちまち踵《きびす》を返して、その足音は向こうへ走り去っていった。

「見たな！　この灯を」

主計は、手にした松明《たいまつ》をお富に渡すと、国広の大刀にそりを打たせて、迷路に足音の主を追った。

一瞬、二瞬、迷路に影は交錯し、追う者と追われる者の足音が洞窟内にこだまして、馬蹄《ばてい》のように響いていた。

「おのれ！　待てッ、待たぬか！」

だれとも知れぬ男であった。しかし、単身、身を挺して乗り込んだこの虎穴《こけつ》に、味方といっても自分たち二人のほかにあるわけはない。

「えいッ！」

岩屋の道は直線になった。主計の背後を必死に追うお富の手にした松明の灯が、前方はるかに駆けていく男の後ろ姿をおぼろな影に浮かび上がらせたかと思うと、主計の手からは鋭い小柄《こづか》が離れて飛んだ。

「きゃーっ」

けたたましい悲鳴を上げて、男は倒れた。

「おのれ、何者！」

主計はそばに近づいて、国広の大刀を男の胸に突き立てた。

「黒島、八兵衛……」

主計は思わず叫びを上げた。この恐ろしい物語の発端から、影のようにお富の身につきまとい、執拗に黄金百万貫をねらってやまなかった男が、ここに倒れている。

しかも、小柄は左の股を貫き、直接の死因とはなっていなかったはずなのに……。

男の顔は恐怖にゆがみ、その目はかっと見ひらかれて、あらぬかなたをのぞんでいた。おそらくは、恐ろしさのあまり、今日でいう心臓麻痺のような発作がその命を奪ったのでもあろうか。

「死んでいる……死んで……」

主計はひとりごとのようにつぶやいた。松明をかかげるお富も無言であった。たとえ、幾度、窮地に追いこまれた相手であっても、お富は心からこの男を憎む気にはなれなかったのだ。

「天命でございましょう。あわれな最期でございます」

お富も静かに答えていた。

「だが、しかし、彼はどうしてこの迷路に入りこんだのだろう。案内も知らないはずのこの洞窟に……」

疑惑を抱いた主計は、ひざまずいて男の懐中を探った。

「お富どの、これは！」

「死人の銭でございます。宝の銭でございます」

お富は血を吐くように叫んだ、狂わんばかりの歓喜をこめて。

何人かの命を犠牲としつくした秘宝の鍵となるべき死人の銭が、いま、主計の手の上に、にぶい光を放っていた。

2

幸いに、そこは白虎の岩屋の近くであった。いったん洞窟を出た二人は、ふたたびやみの迷路へ踏み込んだ。

精密をきわめた絵図面をたよりにしては、道はそれほど難しくなかった。青竜の岩屋から入っても、結局、同じところにたどりつくような迷路の道順である。

「ここだ。ここにちがいない」

やや広くなった洞窟の中の空き地に立って、主計はひくくお富の耳にささやいた。

「ここでございましょうか」

お富もさすがに興奮していた。血で血を洗うようなはげしい争いの後にやっと到達した宝庫の入り口に立っていながら、自分で自分の神経を信じられないような思いであった。

「間違いはないと思う。もし死人の銭に刻まれた絵図面があやまっていないとすれば、ここ以外には宝の隠し場はありえぬはずだ」

「でも……」

「もとより、目に触れるところではあるまい。この呪文にも、地下一丈に秘庫存す――とうたっているではないか」

主計は必死に洞窟の壁を探りまわった。

「お富どの、ここらしい。ここの響きが少しちがう。この裏はうつろになっているとにらんだ」

「さようでございますか。しかし、どうしてその中へ」

「されば……」

主計は静かにあたりを見まわした。その壁には大きなひびが入っている。一枚岩の続きではなく、そこだけ岩をくりぬいて、はめこんだようにも思われた。

主計は、ためしに、そのそばの小さな岩を押してみた。そこの仕掛けになっているのか、前の大岩もするりと回って、人間一人入れるぐらいの大きな縦穴が開いていた。

「これだ！　これだ！　お富どの！」

「この中に……」

「しばらく待てよ。中に入ることはやすいが、万一のことがあってはならぬ。中から外へ出る手だてを知らねば、われわれ二人、黄金百万貫とともに人間の干物となるかもしれないが……」

二人は顔を見合わせた。

「お富どの、そのほうが中に入るがよい。金座後藤の正統の子孫でもないそれがしが秘庫に入るということは考えものだ——まずそのほうが入ってみるが順当だろう」

「それでは、主計さま」

「心して……」

別の松明に火をともして、お富は穴の中に入った。そこからは、岩に刻まれた階段が、下へ続いているらしい。岩のすきまから半身を入れて、主計も地底へ消えていくお宿の姿を見送っていた。

半刻《はんとき》（一時間）近くの時間が過ぎた。

「主計さま！　主計さま！」

狂わしいような叫びが地下から響いたと思うと、お富は小走りに岩の階段を駆け上ってきた。

「いかがいたした。黄金は――」

お富の目は、涙にぬれ、真っ赤にはれ上がっていた。

「これをご覧くださいまし」

お富は、手にした一通の書状を、主計の前に差し出した。

3

油紙に包まれた一通の奉書に、主計は鋭い目を走らせた。


〈この秘境を訪れる後藤家累代の子々孫々に告ぐ――

余、広世は、徳川家康侯の秘命により、一朝徳川家に事ある場合の軍用金の一部として、黄金千貫をこの地獄谷の秘庫に埋めおく。

これは、徳川幕府累代の当主と、わが後藤家の正統のほかには、絶対に他言すべからざる大秘密なり。

余はもって、徳川幕府の万歳と、わが家の盤石ならんことを期すものにして、それ以外には他意もなし。私心をもってこの秘庫を開かんとする者に災いあれ。

後藤広世〉

早乙女主計は目をあげた。

「黄金千貫……あったのか」

「ございませぬ。洞窟の中には、黄金の一片も残ってはおりませなんだ」

主計も呆然としてお富の目を見つめた。

「なに！　ないとは……」

「この書状をご覧くださいまし……」

お富は、別の一通の書状を、主計の手に渡した。

〈後藤家九代の当主光暢、この秘庫を訪ることあるべき後藤家の子孫に告ぐ。

枝も鳴らさぬ泰平の世、つづきてここに二百年、家康侯の恐れたる徳川家の社稷《しゃしょく》にかかわる大事もなく、後藤家もその余慶を受けて、めでたく九代を重ねたり。

その間、この黄金は当初の目的とはこと変わり、代々行われた改鋳のたびに、幕府財政の膨張とともに、その一翼の任を果たして事やみぬ。

開かれること四代光重の代に二度、六代光富の世に一度。今、われ、その秘庫を最後に開くにあたって、若干の感慨なきをえず。

残されし黄金は、わずか当初の一割――百貫に過ぎざるも、残余九百貫の黄金も、よく徳川家のため、国家万民のためにその機能を発揮したりとせば、家康侯の秘策も、わが祖広世の苦衷も、よくその実を結びたるものというべきなり。

余、光暢、いまこの秘庫を開かんとするも、決して私利私欲のためにはあらず。さりとて、幕命をこうむりたるにもあらず。天下国家のために、男子の盟約のために、あえてこの黄金を世に出して、万民の塗炭の難を救わんとす。

わが身にいかなる苦難のふりかかるとも、それは是非なし。八百万《やおよろず》の神々も、わが心中を照覧あれ。

今後、この秘庫を訪るべきわが家の子孫ありとせば、それは大いなる誤りなり。

わが祖の霊に答えるため、ここに一書を残してその前にささげんとするものなり。

主計も最初はその書状の意味がよくわからなかった。だが、二度三度と読み返している間に、たまらない自棄的な笑いがこみあげてきた。

「はっはっは、お富どの、これはどうしたことなのだ。われわれも、いや、鳥居も、後藤も、松平侯も、粕谷小四郎も、八兵衛も、みなありもせぬ黄金の夢を見ていたのか。ありもせぬ幻影におどらされて、命のやりとりをしておったのか……」

4

「笑いごとではございませせぬ」

「いや、そのほうの気持ちはわからぬでもないが……案外これでそのほうも心が落ちつくかもしれぬであろう。あまりにも女一人にすぎた大望を抱くより、そのほうも女としての幸福を見いだすことができるかもしれぬ——いつか拙者も申したが、この黄金があろうとあるまいと、拙者の心はかわらぬのだ」

「主計さま……かたじけのうございます」

お富は、この幻滅に今まではりつめていた気も、がらりとゆるんだのであろう。主計の手にとりすがり、胸に頭を埋めて泣いた。


いま、主計には、一切の秘密が解けたような気がした。

三十年前、後藤家の当主光暢が、ときめく金座座頭の地位にありながら斬罪《ざんざい》の刑にとわれたときも、当時の幕府当局者は、幕府最高政策にかかわる秘事として、その真相は公式の文書にさえもとどめなかったといわれている。

一概に、現在の後藤三右衛門父子の陰謀ともいいきれぬ落ち度がそこにあったのだ。すでに、このように幾度となく宝庫の扉が開かれていた以上――代々、幕府の最高要人には、その秘密は漏れていたのにちがいない。そして、おそらく、みだりにこの秘庫を開いた光暢に対して、最後の断が下ったのであろう。

その秘密がどこかに漏れたのだ――死を前にしてもがんとして黄金の所在を打ち明けなかった光暢に、なにか解けない疑惑が残って、黄金一万貫のうわさを生じ、さらに話に枝葉がついて、百万貫の黄金がいずれの地かに埋蔵されているという確固たる事実とさえなったのだろう。

考えられることだった。決してありえぬことではなかった……。

最後の秘密を握っていたただ一人の人物光暢が世を去った現在、その真相を知るはずの者もなかったのだ。

思えば、光暢が死を決して宝庫の扉を開いたのも、内心、徳川幕府の政治にあきたらぬところがあったためでもあろう。後年、まぼろし小僧や、お富に見られた反抗精神と、それは一脈通じるものがあるのかもしれなかった……。

だが、主計には、これ以上感慨にふけっていることが許されなかった。最後の夢がさめはてたいま、この秘境にこれ以上とどまるのは、なんの意味もないことであった。

「行こう、お富どの……」

「はい……」

お富はひざまずいて合掌した。この地下に無限の恨みをのんで刑死した祖父光暢の霊に対して、ひそかに祈りささげたのだ。

「主計さま……」

「なんだ」

「黄金のことはもうよろしゅうございます。いまさらなんの未練もございません。しかし、こうして祖父が恨みをいだいて死にました後藤三右衛門に対しましては……」

「もうそのことは考えるにも及ぶまい。悪さかんなれば天にも勝つとやら――だが、いずれは天の裁きも下ることだろう。彼らの勢いも、しょせん長くはつづきはすまい。いずれは夢かまぼろしの、一時の栄華にちがいあるまい……われらは時を待てばいいのだ。天の裁きを待てばいいのだ」

5

そのころ、岩屋の外では、青竜鬼粕谷小四郎が十数本の白刃に囲まれて、岩を背にして立っていた。

「何をする――そのほうたちに恨みを買うような覚えはないぞ」

小四郎はで両手の指をぽきぽきと鳴らしながら、居丈高に人々を見まわした。

「覚えがあってもなくっても、この岩屋に近づく者は、だれかれの別なく生かしておけぬ。われわれがここにこうしておることを知られては……」

先頭に立った一人が答えた。

「ふむ、それはこちらで申したいこと——それほど命が惜しくないなら、いざ、村正の一刀に」

するりと村正が鞘を走った。と見る間に、たとえようもないすごい妖気が、小四郎の全身にみなぎった。

彼は決して自分の持つ剣を意識していないようだった。剣と人とが一体となって、この危地に追い込まれておりながら、いずれは地獄谷の露と消える犠牲の刃ざわりを楽しんでいるようだった。

「参るぞッ！」

この音なしの構えを恐ろしいと思うほど心得のある相手ではなかった。

えいッと岩肌を踏んで、一人、また一人と右左から襲いかかった二人の武士が、一瞬に、小四郎の刀が動くか動かないかわからぬうちに、血へどを吐いて倒れたとき、はじめて人々は相手の腕の恐ろしさを悟った。

動こうとせぬ小四郎に、円陣はかえってじわじわと遠ざかった。

「短銃は……楓の方の短銃は……」

人々は思わず心に救いを求めた。

だが、その音は聞こえなかった。それより早く、小四郎の魔剣が風を切って走った。

輪は一方の端から崩れた。だだだとすばやく人々の間を斬り抜けようとしている小四郎の動きに応じて、体制を立て直そうとする暇もなかった。

ぴゅーんという剣のうなりを立てながら、飛ぶように人々の間を縫ってふたたびもとの位置に戻った小四郎が、動から静へと構えを立て直したとき、傷ついていない者はなかった。

もはや、剣をとってこの剣の鬼に向かっていく気力の残された者はなかった。

骸《むくろ》と手負いの山だった。それも手当のしようもないような重傷者ばかりであった。

「愚か者めが……来世にはもっと修業をしてくるがよい」

かすかにつぶやいた小四郎は、血刀にぬぐいをかけると、血に憑《つ》かれた目で、青竜の岩屋の入り口を見つめた。

6

「おまえはだれ……だれだいッ」

一行に少し遅れて、林の間を歩いていた楓は、川の前に現れた三村鉄之丞を見て顔色を変えた。

「ほう、これは松平家のお部屋さま、楓の方でございましたな。妙なところでご対面を」

三村鉄之丞は眉一本動かそうとはしなかった。

「そのほうは……そのほうの名は！」

「南町奉行の与力、三村鉄之丞と申します」

「南町奉行所……鳥居どのの配下か」

「さようでございます」

「江戸町奉行所の与力が、どうしてこれへ、地獄谷へ……」

「出雲家のお部屋さまがどうしてこれへ、地獄谷へ……」

相手はおうむ返しのように答えた。

「なんと！」

楓は、相手の冷静さに、かっとならずにはおられなかった。主も主なら、臣も臣――ということばもあるが、鳥居に対する憎悪を、楓は安藤内蔵之助の口から何度も吹き込まれた。利を同じくする立場は立場としても、個人的には恐ろしい男、決して腹を割って相談できる相手ではないと、くれぐれもいわれていたのだった。

そういえば、この男の目にも、たしかに蛇のような冷たさがこもっている。油断のならぬ態度であった。

「剣戟《けんげき》の響きが聞こえてまいりますな。それも相当に腕の違う同士の斬り合いらしい……勝負はついたと見えますが……」

ひとりごとのように鉄之丞はつぶやいた。

「そのほうは、敵か、味方か」

「敵でも味方でもございませぬ。ただ、お部屋さまが小扇と名のっておられた当時から、ひそかに思っておりました者」

「なんだって！」

楓は恐ろしいものを感じて、松の大樹を背にとった。

「十数人のお供を連れてこの地獄谷へみえられたのも、よっぽど思い詰められてのことにございましょうが――女ひとりでここから生きて帰るのはむずかしい。死ぬも生きるも、要はそちらの出方ひとつ」

楓は男の目にひらめく獣のような情欲を見てとった。

「何をする。無礼があっては、その分には」

その手には黒光りのする南蛮わたりの短銃が握られて、男の胸をねらっていた。

「何をなさる！」

躍り上がってその短銃をもぎとろうとした鉄之丞の胸に、轟然《ごうぜん》、銃が火を噴いた。

「何を！　何を！　死ぬならそちらも道連れに……」

朱にまみれながら鉄之丞の鞘から走った一刀は、楓の肩を斬り下げていた。

7

黄金百万貫の夢もさめて、お富と主計が青竜の岩屋の前に現れたとき、そこには十数人の死骸を前に、粕谷小四郎が幽鬼のように立っていた。

「主計にお富、久方ぶりの対面だな……」

沈みやすい秋の夕日は、いま山峡の岩山のかなたに落ちようとしていた。深手にうめいていた人々の苦悶の声もいまは絶えて、この地獄谷は深山幽谷のたとえようもない静寂に包まれていた。

「おう、粕谷小四郎」

主計にはなぜか闘志がわかなかった。黄金百万貫の存在せぬことがわかった今となっては、この強敵と剣を交えることにもなんの意味もないように思われた。

「この地獄は、一度足を踏み入れたら、二度とは生きて帰れぬところ――それを承知で参ったか」

小四郎の声は冷たかった。

「待て、小四郎」

「未練な！」

「未練ではない。黄金は、百万貫の財宝は、この岩屋にはありはせぬ――そのありもせぬ幻影に迷って命のやりとりをしようとは、あまりにも愚かなことではないか。待て、貴殿に見せる書面がある」

手にした書状を岩に置いて、二人はさっとそばから離れた。

二通の書状を取り上げて目を通していた小四郎の顔には、不思議な表情が漂いはじめた。

「うそ……うそだ。このような偽書、だれがほんとうにすると思う」

吐き出すように彼はいった。

「偽書ではない！　よく見ろ！　決して昨今の筆の跡ではないはずだ」

主計の絶叫にも、小四郎は耳を貸そうともしなかった。

「何を申すか。まだ青竜鬼の目はくらんでいない。腕は鈍っていないのだ……この岩屋のありかを知ったそのほうたち、いずれは宝庫の秘密を解いたであろう。それをおめおめ見逃す拙者と思っているか」

刀を抜いたか、刀がひとりで抜けたのかわからぬほどの自然さで、村正は鞘を離れていた。

主計も、もはやこれまで、と思った。この相手の妖刀の恐ろしさは、彼も身にしみて知っていた。だが、身を守るためには、自分も国広の一刀を抜かぬわけにはいかなかった。

「主計さま！」

「お富どの、心配なさるな」

互角以上の相手であった。少なくとも、ともに倒れることだけは覚悟せねばならない敵であった。

だが、主計には恐怖もなかった。相手が自分の剣の前に必殺の気合いをこめて立っているという意識もなかった。黄金百万貫ののろいから切り離されてしまったいま、彼は無心の境地にまで澄みきった自分の心を感じていた。

いま、焦りを見せたのは、かえって小四郎の方だった。冷徹氷のような太刀筋に、わずか毛ほどの狂いがきた。白皙《はくせき》の顔がほんのりと赤みを加え、吐き出す息がかすかに荒く速くなった。

かっかっと剣先がかすかに触れて、また離れた。早く相手を斬らねば――と思う気持ちが小四郎の心をかりたててやまなかった。

8

斬らねば——という気持ちと、生死一如の剣と、わずかな相違が生じていた。そのわずかな差が、いまここに、生死の分かれ目となってあらわれた。

「参るッ！」

小四郎の剣がうなりを生じて、横なぐりに主計の左胴を斬り割ったかと見るせつな、主計の剣は小四郎の頭上にひらめいていた。

相打ち——と見えた。

おそらく、木剣竹刀を持っての試合なら、相討ちの判定は下っていたろう。

だが、必殺の勝負は終わった。

主計の着物は斬りとかれ、真綿の胴着が大きく口を開いていた。だが、その刀は、かろうじてそこで止まっていた。

おそらくは、主計の太刀が一瞬早かったのであろう。脳髄を斬り割ったその一撃が、青竜鬼の刀の勢いを鈍らせて、見た目には一方的な勝負のように見せたのだろう。

主計は、血しぶき上げて倒れた粕谷小四郎の死骸《しがい》を前に、ただ呆然と立っていた。呆然――ということばは、当たっていなかったかもしれぬ。彼は心に、何かの貴いものをつかんでいたのだから。

斎藤弥九郎道場の小天狗といわれた彼にしてなお至りえなかった高い澄みきった境地に、彼は足を踏み入れたような気がした。

「ごりっぱでございました……」

お富がひざまずいて、懐紙で提げている血刀をぬぐった。

「うむ……」

彼は静かにうなずいた。

「お富、拙者はもう家に帰る気はしなくなった。剣というものの恐ろしさ、運命というものの恐ろしさを、拙者は悟ったような気がする。行く雲のように、流れる水のように、拙者はこれから無心の気持ちでこの世の中に処していきたい。おそらくは、今のままではすまぬ徳川幕府のうつりかわりに、自由な態度で処してみたい……」

「どこまでも、お供いたします」

「それでは、今宵はあの青竜鬼の庵《いおり》に一夜を明かすとしよう。この人々の骸《むくろ》を弔い、ささやかな香華をたむけて、あすはこの地獄谷を離れることにしよう。さらば、黄金百万貫……思えばはかない夢ではあった」

われに返って、小四郎の骸の前にひざまずきながら、主計はつぶやいた。

「惜しい男を斬ったかもしれぬ……この男は剣におぼれていた。最初の目的は存ぜぬが、彼はあまりに自分の剣にたよりすぎていた……すべての人は、みずからの長所に倒れる者かもしれぬ」

日は落ちた。かすかに山峡を包んできた薄紫の夕やみが、塑像のように立ちつくす二人の姿を次第次第に包んでいった。

9

松平斉貴の使者の前に、安藤内蔵之助は色青ざめて座っていた。

そのほう儀、江戸家老の重責にあるをも忘れ、政務をほしいままにし、権を弄《ろう》し、家を危うくせんとする所業、重々不届きにつき、切腹仰せつけられるものなり——

上使の読み上げた文面は簡単だった。だが、内蔵之助はその簡単なことばの陰に、百万言でも書き尽くせない痛烈な斉貴の非難を感じていた。

楓も、最後の望みを託して遣わした剣団も、地獄谷から江戸に帰ってこなかった。黄金百万貫のなぞは、その片鱗さえ解けなかった。望みを託した亀千代は、すでに世を去ってしまっていた。

木枯らしのように寂寞《せきばく》たる空虚な思いが、その心中を通り過ぎた。

白装束に水色の裃《かみしも》、それを身につけるのも、彼には機械的な動作に感じられていた。まだ戦える余地はあったかもしれなかった。だが、ああして亀千代が死んでしまってからというものは、彼は陰謀にそれまでのような情熱を打ち込めなくなった。すべての計画は、連絡を欠いた、本能的な、衝動的な断片的な動作にすぎなかった。

最後の場所は、すでに支度が整っていた。あの世への旅路につく場所を、彼はうつろな目で、まるでひとごとのように眺めた。

「辞世の句なりと、最後のことばなりと、あらば聞きおく」

上使のことばに、彼はしわがれた声で答えた。

「ございませぬ。ただ、お家の万々歳を願うばかりでございます」

どうしてこんな偽善者のようなことばが出てくるのか。彼は自分でもそれが不思議でならなかった。

定法どおり、事は進んだ。彼は、機械的なゆっくりとした動作で三宝を取り上げ、九寸五分の根元を白紙で包んでいた。

楓……亀千代……地獄屏風……そして、黄金百万貫……とりとめもない妄想が、彼の脳裏をかすめて過ぎた。

たとえこの身は地獄へ落ちても、黄金百万貫だけは、わが妄執の一念で、断じて余人の手に渡さぬぞ――

それが最期の思いであった。九寸五分の切っ先は、定法どおりに左の横腹に突き刺された――と思う瞬間、かっと介錯《かいしゃく》の太刀が鳴った。

平均を失った彼の体は、鋭い太刀風にひれ伏していた。

10

時は流れる。悠久な歴史の動きは、小さな個人の一喜一憂を大きな流れの中に巻き込みながら進んでいく。

翌天保十四年、遠山左衛門尉景元は大目付に任ぜられて、江戸町奉行の職を去った。

あらゆる反対を押し切って、鳥居甲斐は断固として、印旛沼開鑿《いんばぬまかいさく》の大事業にかかった。しかも、その勢いに乗じて、彼は自分を重用した老中水野忠邦も幕府政治の要職から追った。

だが、印旛沼開鑿の業は悲惨な失敗に終わった。

翌十五年、早くもその失敗は明らかとなった。さらにその翌年、弘化元年には、全面的な工事の中止が命ぜられた。

水野忠邦はふたたび中首席の地位に帰った。鳥居甲斐は江戸町奉行の職を解かれた。

弘化二年、遠山左衛門尉景元は、ふたたび江戸町奉行の職にかえった。それとともに、後藤三右衛門には断罪の手が下った。

十月三日、鳥居甲斐は讃岐丸亀藩《さぬきまるがめ》に禁錮を命ぜられ、後藤三右衛門は死刑に処せられた――いかなる罪を問われたのか、このたびも幕府の公文書には確とした記録が残されなかったのである。

弘化三年、英仏の汽船はしきりに琉球海域に出没した。いや、紀伊海や、遠江海《とおとうみかい》にも姿を見せはじめた。松平斉貴の恐れていたことは、決して杞憂ではなくなっていた。

弘化五年、松平斉貴はついに隠居を命ぜられた。剃髪《ていはつ》後の名は瑶光斉《ようこうさい》という。表面の理由は、遊蕩《ゆうとう》にふけって、政治を顧みぬ――ということだった。だが、彼の鬱《うつ》勃《ぼつ》たる野心が、事なきを望む幕府要路の当事者たちと相入れなかったというのが、その真相であったろう。

出雲国、松江の郊外に、彼はささやかな庵《いおり》を構えて住んだ。

かつての豪華な生活も、天下をのもうとした大野心も忘れたように、彼は閑日月を楽しんでいた。

そのそばに、有髪の尼として一生かしずいた女のあったことは、歴史的な記録にはもとより記されていないこと――だが、その女の背中には、宿命の地獄絵巻の入れ墨が人目にふれず秘め隠されていたことは、おそらく斉貴とその女のほかには、この平和な城下町の人々には知る者もないことであったろう。

雲は行き、水は流れ、もはやこの二人の平和な生活を妨げる事件はなにひとつ起こるまいと思われた。

松平家は、斉貴となんの血のつながりもない津山藩主松平斉孝《なりたか》の子定安が継いでいた。彼が雄図を述べようにも、それは詮《せん》ないことであった。

ただ一つ、この二人の平和な生活に、ささやかな波が立ったことがある。

文久三年、斉貴が世を去る直前――京都等持院に祭られてある足利尊氏《あしかがたかうじ》、義詮《よしあきら》、義満《よしみつ》の木像の首が切られて三条河原にさらされたという事件が起こった。

その下手人の中には、江戸浪人早乙女主計という名がまじっていた。

「早乙女主計――早乙女主計――存じよりの名でもあるが――」

斉貴は、かすかな声でつぶやきながら、目を上げて、早春の庭に開いた紅梅の花を見つめていた。

「あのお方は、今でも生きておられましょうか」

一瞬、青ざめて、女が尋ねた。

「悪いことを申した。園絵、そのほうにとっては、それは忘れえぬ名であったのう」

「いいえ、もうなんでもございません。わたくしにとりましては、お殿さまがただ一人のお方でございます」

「二十年――思えば長い年月であった。過ぎ来し方をながむれば、世は一局の棋《き》なりけり。天下を相手に一局の棋を打とうと思った。余の望みも今はむなしゅうなった……だが、余は、こうして、そのほうとの生活に、大名としては求めえぬ幸福を見いだすことができた。一生影の身であったが、許してくれるか」

「もったいないことをおっしゃいますな。園絵は幸福でございます」

女は、斉貴の膝《ひざ》に、身を埋めて泣いた。

園絵のことばが、自分の偽らぬ感情を述べていたのか否か――筆者は知らぬ。だが、その時の二人の姿には、夕やみの地獄谷に立っていた主計とお富のはればれとした表情に似た、悟りとあきらめの色があった。

四人はついに、迷いと煩悩の地獄から逃れて、西方浄土に弥陀《みだ》の来迎《らいごう》を仰ぐような澄みきった心境にたどりついたにちがいない。

宿命の悲劇、紅地獄絵巻の一巻ここに終わる。

本作品中に差別的ともとられかねない表現が見られますが、著者がすでに故人であることと作品の文学性・芸術性に鑑み、原文のままとしました。

（春陽堂書店編集部）

『妖説地獄谷』覚え書き

初　出　紅地獄絵巻「読切読物」（日本文華社）　昭和25年1月～26月11月号

初刊本　東京文芸社　昭和28年10月　※『紅地獄絵巻』

再刊本　東京文芸社　昭和29年1月　※『紅地獄絵巻』
東京文芸社　昭和31年11月　※『妖説地獄谷』と改題
青樹社　昭和40年12月
春陽堂書店〈春陽文庫〉　昭和58年5月　※上・下2分冊

（編集協力・日下三蔵）

春陽文庫

妖説地獄谷《ようせつじごくだに》　下巻《げかん》

2023年4月20日　新版改訂版第1刷　発行

著者　高木彬光
発行者　伊藤良則
発行所　株式会社　春陽堂書店
〒一〇四―〇〇六一
東京都中央区銀座三―一〇―九
KEC銀座ビル
電話〇三（六二六四）〇八五五（代）
印刷・製本　ラン印刷社

乱丁本・落丁本はお取替えいたします。

本書のご感想は、contact@shunyodo.co.jp にお願いいたします。

定価はカバーに明記してあります。

ISBN978-4-394-90440-3 C0193